西《さい》遊《ゆう》後《こう》記《き》

二 芳《ほう》の巻

斉藤 洋・作
広瀬 弦・絵

理論社

西《さい》遊《ゆう》後《こう》記《き》

二

芳《ほう》の巻

「芳の巻」
主な登場人物

玉竜《ぎょくりゅう》

西海竜王《せいかいりゅうおう》の子。馬として玄奘三蔵を天竺まで乗せ、八部天竜馬《はちぶてんりゅうば》という名をもらった。

辯機《べんき》

玄奘三蔵の四番弟子

猪八戒《ちょはっかい》

玄奘三蔵の二番弟子として天竺にお供をして「浄壇使者《じょうだんししゃ》」という名をもらった。いまは婿《むこ》入《い》り先の高老荘に戻っている

沙悟浄《さごじょう》

玄奘三蔵の三番弟子として天竺にお供をして「金身羅漢《こんしんらかん》」という名をもらった。いまは三蔵とともに弘福寺《こうふくじ》にいる

孫悟空《そんごくう》

石から生まれた猿。玄奘三蔵の一番弟子として天竺にお供をして「闘戦勝仏《とうせんしょうぶつ》」という名をもらった。いまは水簾洞《すいれんどう》に戻っている

玄奘三蔵《げんじょうさんぞう》

天竺《てんじく》へ経をもとめて旅をして、釈迦如来《しゃかにょらい》から「栴《せん》檀功徳仏《だんくどくぶつ》」という名をもらった高僧。いまは長安の都で経を訳している

芳泉《ほうせん》

烏鶏国太子《うけいこくたいし》の馬

黄勇《こうゆう》

啓夏門《けいかもん》の門番の隊長

張敏《ちょうびん》

騎兵隊長《きへいたいちょう》

東海竜王敖広《とうかいりゅうおうごうこう》

竜宮に住む竜王四兄弟のひとり

水晶竜王敖泉《すいしょうりゅうおうごうせん》

烏鶏国《うけいこく》、瑠璃井《るりせい》の底に住む竜王

恵岸行者《えがんぎょうじゃ》

観音菩薩《かんのんぼさつ》の弟子。托塔《たくとう》李天王《りてんのう》の第二子

紅梅樹《こうばいじゅ》の女

第一譚《たん》

長安夕刻《ゆうこく》の怪《かい》

第二譚《たん》 玉竜出奔《ぎょくりゅうしゅっぽん》

恵岸行者《えがんぎょうじゃ》？　なんで、恵岸行者《えがんぎょうじゃ》がここにくるんだ。
あの野郎《やろう》、けんかでも売りにきたのか。恵岸行者《えがんぎょうじゃ》はどこにいるのだ。

真心っていうのは、真の心だ。つまり、ほんとうの心、かんたんにいえば、
本音ってことだ。本音でたのめば、いってきてやるっていってるんだ。

いくら大聖《たいせい》でも、できないことがあるのだ。

そうとも。高老荘《こうろうそう》には、八戒《はっかい》がいる。
あいつはこういうことにくわしいんだ。

おれもまた、こう見えても、いや、見たとおり、斉天大聖孫悟空様《せいてんたいせいそんごくうさま》だ！

そこだよ、おれも妙《みょう》だと思うのは。いったい、どうする気なんだろうな
あ。ただ会って話がしたいだけだなんていっているが……。

しかし、芳泉《ほうせん》が竜宮《りゅうぐう》にとらえられているとは、好都合だ。
そこの竜王《りゅうおう》にかけあって、芳泉《ほうせん》をときはなさせてやる！

天竺《てんじく》のおやじのところにいって、
ちょっとばかりもんくをいっただけだ。

第一譚《たん》

長安夕《ゆう》刻《こく》の怪《かい》

序《じょ》

遊びにいらっしゃるのに、いちいち理由はいりませんよ。

花果山《かかざん》から海に流れる川の水源《すいげん》に滝《たき》がある。その滝《たき》のうらには、水簾洞《すいれんどう》という大きくて広い洞窟《どうくつ》がある。そこには、斉天大聖孫悟空《せいてんたいせいそんごくう》が、四長老の流元帥《りゅうげんすい》、馬元帥《ばげんすい》、崩将《ほうしょう》軍《ぐん》、芭将軍《はしょうぐん》以下、おびただしい数の猿《さる》たちといっしょに住んでいる。そこは、猿《さる》たちの王宮なのだ。

水簾洞《すいれんどう》を出たところに、橋がかかっている。

悟空《ごくう》はその橋のたもとに立っている。身にまとっているのは、花果山《かかざん》の王のきらびやかな衣《ころも》ではない。玄奘三蔵《げんじょうさんぞう》からもらった仏弟子《ぶつでし》の衣《ころも》の上に、虎《とら》の毛皮の腰《こし》まきをつけ、足には歩雲履《ほうんり》をはいている。それは、西天天竺《せいてんてんじく》に取経《しゅけい》の旅のときに身につけていたものだ。そのときとちがい、頭につけている緊箍《きんこ》は本物ではない。東海竜王敖広《とうかいりゅうおうごうこう》の

弟、南海竜王敖欽《なんかいりゅうおうごうきん》のところの職人《しょくにん》が作ったにせ物だ。竜宮金《りゅうぐうきん》でできているので、はめたり、はずしたりがかんたんにできる。

悟空《ごくう》は閉水《へいすい》の術《じゅつ》の印をむすび、水に跳《と》びこんだ。

閉水《へいすい》の術《じゅつ》を使えば、水中でも息ができるし、自由に動くことができる。

水簾洞《すいれんどう》の橋の下の水は東海竜王《とうかいりゅうおう》の竜宮《りゅうぐう》とつながっており、そこまでさほど遠くはない。

やがて、竜宮《りゅうぐう》の門が見えてくる。門の左右には、エビとカニの番兵が見張《みは》りをしている。悟空《ごくう》はまるでじぶんの家の門をとおるようにその門をくぐり、中庭をぬけて、広間にどかどかとあがりこむ。

奥《おく》の玉座《ぎょくざ》に東海竜王《とうかいりゅうおう》がすわっており、近くに魚顔《さかながお》の女官《にょかん》がひとりいるだけで、ほかにはだれもいない。

悟空《ごくう》が入ってくるのを見て、玉座《ぎょくざ》から東海竜王《とうかいりゅうおう》が立ちあがった。そして、

「これはこれは、闘戦勝仏《とうせんしょうぶつ》……、いや、大聖様《たいせいさま》、ようこそおいでくださいました。」

と大声でいい、そばにいる女官《にょかん》になにやらささしずをしてから、悟空《ごくう》のそばにやってきた。

闘戦勝仏《とうせんしょうぶつ》というのは、天竺《てんじく》で悟空《ごくう》が釈迦如来《しゃかにょらい》からもらった来世《らいせ》の名だ。悟空《ごくう》は不老不死なのだ。来世《らいせ》はない。だから、来世《らいせ》の名など意味がない。かりに来《らい》世《せ》があったとしても、〈仏《ほとけ》〉になりたくて、玄奘三蔵《げんじょうさんぞう》とともに天竺《てんじく》までいったわけではない。

女官《にょかん》が悟空《ごくう》に深くおじぎをして、広間から出ていく。

悟空《ごくう》は中庭をめぐる回廊《かいろう》のいすに、どかりと腰《こし》をおろして、まだ立っている東海竜《とうかいりゅう》王《おう》に、

「まあ、おまえもすわれよ。」

といった。

これでは、どちらが主人でどちらが客だか、わからない。

小机《こづくえ》をはさんで、むかい側のいすに東海竜王《とうかいりゅうおう》がすわると、悟空《ごくう》はいった。

「おまえ、今、おれのことを闘戦勝仏《とうせんしょうぶつ》っていってから、大聖様《たいせいさま》と呼《よ》びなおしたが、それ、わざとだろう。」

「わざとなどとは、めっそうもない。うっかりして、まちがえただけでございますよ。いや、失礼いたしました。」

そういって、東海竜王《とうかいりゅうおう》は悟空《ごくう》から目をそらし、中庭を見た。その東海竜王《とうかいりゅうおう》の横顔を見ながら、悟空《ごくう》はいった。

「おまえ、おれが闘戦勝仏《とうせんしょうぶつ》って呼《よ》ばれるのがいやなのを知っていて、わざとまちがえるんだろ。」

東海竜王《とうかいりゅうおう》は中庭から悟空《ごくう》に視線《しせん》をもどすと、

「なんだか、ずいぶんからみますね。そんなことはございません。ございませんが、どうして大聖様《たいせいさま》はそう思われるのですか。」

といった。

「どうしてって、そりゃあ、おまえ……。」

とつぶやいてから、悟空《ごくう》はくすりと笑って、いった。

「師匠《ししょう》がな、おれが観音《かんのん》のことを観音菩薩様《かんのんぼさつさま》と呼《よ》ばずに、観音《かんのん》の野郎《やろう》っていうと、いやな顔をするんだ。それがおもしろいから、おれはよく、観音《かんのん》の野《や》……までいって、観音菩薩《かんのんぼさつ》様っていいなおすのさ。だから、おまえもまちがえたふりをして、いいなおしたんじゃないかって、そう思うんだ。ちがうか？」

東海竜王《とうかいりゅうおう》がおおげさに首を左右にふり、

「そんなことはございませんよ。」

といったところで、魚顔《さかながお》の女官《にょかん》が盆《ぼん》をかかげて、広間をぬけて、回廊《かいろう》にやってきた。

そして、茶托《ちゃたく》にのった茶碗《ちゃわん》をふたつ、小机《こづくえ》においた。

おおげさにおじぎをしてから、魚顔の女官《にょかん》が立ちさると、悟空《ごくう》は茶碗《ちゃわん》からふたをとり、それを小机《こづくえ》において、ひと口で茶を飲みほした。

悟空《ごくう》は茶碗《ちゃわん》を茶托《ちゃたく》にもどして、いった。

「まあ、いいか。だが、それにしても、おまえのところの茶はいつもうまいな。花果《かか》山《ざん》の長老たちがいれてくれる茶も、まずくはないが、ここの茶ほどはうまくはない。」

「さようでございますか。そのようなことであれば、家臣にもうしつけ、茶葉を花果《かか》山《ざん》におとどけいたしましょう。」

といって、東海竜王《とうかいりゅうおう》は立ちさっていく女官《にょかん》に声をかけた。

「これ……。」

「いや、いいよ。ここの茶はここで飲むからうまいのかもしれん。とどけてくれなくてもいい。」

悟空《ごくう》がそういうと、東海竜王《とうかいりゅうおう》は、

「まあ、そうおっしゃらずに……。」

といったが、悟空《ごくう》は両手で東海竜王《とうかいりゅうおう》をおしとどめるしぐさをした。

「いや、ほんとうにいらない。」

「そうですか。」

「そうだ。ほんとうにいらない。」

「それなら、おとどけするのはやめましょう。」

東海竜王《とうかいりゅうおう》はそういうと、ふたたび中庭を見た。

それが合図だったかのように、女官《にょかん》が広間から出ていく。

悟空《ごくう》も中庭に目をやる。

中庭にはだれもおらず、回廊《かいろう》には、悟空《ごくう》と東海竜王《とうかいりゅうおう》しかいない。

しばらくして、悟空《ごくう》が口を開いた。

「おい、敖広《ごうこう》。おまえ、おれがどうしてここにきたのか、きかないのか?」

「遊びにいらっしゃるのに、いちいち理由はいりませんよ。」

「まあ、そうかもしれないが……。」

そういって、悟空《ごくう》がだまると、東海竜王《とうかいりゅうおう》も口をつぐんだ。

悟空《ごくう》はたいくつだったので、東海竜王《とうかいりゅうおう》の竜宮《りゅうぐう》にきたのだ。

しばらくして、東海竜王《とうかいりゅうおう》が思い出したようにいった。

「あ、そうそう。長安《ちょうあん》の話をおききになりましたか。」

「長安の話だと？　どんな話だ。」

悟空《ごくう》が身をのりだすと、東海竜王《とうかいりゅうおう》は、

「いや、奇妙《きみょう》なうわさ話があるのです。」

といってから、茶をひと口飲んだ。そして、いった。

「このごろ、長安の町で、人間が消えてしまうことがあるらしいのです。このあいだ、弟の敖欽《ごうきん》がここにきて、そんなことをいって、憤慨《ふんがい》しておりました。」

「どうして、長安で人が消えると、南海竜王《なんかいりゅうおう》が怒《おこ》るのだ。」

「人間というのはかってなことばかりいうのですよ。長安に芙蓉池《ふよういけ》という池がありましてね。そこの竜《りゅう》が人間を食うんじゃないかって、長安では、そういううわさがひろまっているのです。それで、敖欽《ごうきん》が憤慨《ふんがい》しているのです。」

「なるほど、それで、その芙蓉池《ふよういけ》には、竜《りゅう》がいるのか？」

「わたしの知るかぎりでは、いません。とはいえ、わたしたちはいつでも同じ場所にじっとしているわけではありませんから、芙蓉池《ふよういけ》に遊びにいく竜《りゅう》も、ときにはいるでしょうね。けれども、そうやたらに人を食ったりはしませんよ。大聖様《たいせいさま》は人間をお食べになったことがないでしょうから、おわかりにならないかもしれませんが、人間なんて、そんなにおいしいものじゃありません。かなり徳《とく》をつんだ僧《そう》なら、話はべつ……。」

とそこまでいって、東海竜王《とうかいりゅうおう》はいったんだまり、それから、

「芙蓉池《ふよういけ》に竜《りゅう》がいたとしても、その竜《りゅう》が人間を食っているとは思えませんね。」

といいきった。

「どうして、そんなことが断言《だんげん》できるんだ。」

悟空《ごくう》がそういうと、東海竜王《とうかいりゅうおう》は答えた。

「だって、そうでしょう。芙蓉池《ふよういけ》は長安の町の中にあるのではないにしても、城壁《じょうへき》の南東のかどのすぐ下にあるのです。そんなところで、竜《りゅう》がわっとあらわれて、人を食ったら、目立つでしょう。うわさくらいではすみませんよ。」

「なるほど。だが、長安の南東といえば、弘福寺《こうふくじ》のそばだな。」

といいながら、悟空《ごくう》は、そういえば、そんなところに池があったなと思い出した。

長安というだけで無視《むし》はできないが、弘福寺《こうふくじ》のそばとなると、ますますほうっておけなくなる。

「人がいなくなるというのは、芙蓉池《ふよういけ》のそばでか？」

悟空《ごくう》がさらにたずねると、東海竜王《とうかいりゅうおう》は首をふった。

「そうはいってません。人間がいなくなる場所がどこなのかは、わたしも知りません。ただ、芙蓉池《ふよういけ》の竜《りゅう》が食っているといううわさがあるともうしただけです。」

「では、人が消えるというのは、弘福寺《こうふくじ》のそばというわけではないのだな。」

「そうです。大聖様《たいせいさま》のお師匠様《ししょうさま》がおられる寺のそばで、人間がいなくなるというわけではありません。」

半分ほっとし、半分がっかりして、悟空《ごくう》はつぶやいた。

「そうか……。」

「梅檀功徳仏様《せんだんくどくぶつさま》のことをご心配されているので？」

梅檀功徳仏《せんだんくどくぶつ》というのは、天竺《てんじく》で三蔵《さんぞう》が釈迦如来《しゃかにょらい》からもらった来世《らいせ》の名だ。

東海竜王《とうかいりゅうおう》にたずねられ、悟空《ごくう》はいった。

「いや、まあ、心配といえば、心配だが、お師匠様《ししょうさま》には悟浄《ごじょう》がついているしな。ほかに弟子《でし》もたくさんいるようだから、だいじょうぶだろう。」

「そうでしょうかねえ……。」

といって、東海竜王《とうかいりゅうおう》は悟空《ごくう》を横目で見てから、つぶやくようにいった。

「長安の城壁《じょうへき》の下の芙蓉池《ふよういけ》から、竜《りゅう》がわっと姿《すがた》をあらわすなどということはなくても、街中《まちなか》だって、妖怪《ようかい》はあらわれますよ。妖怪《ようかい》の中には、人間の肉をうまがって食うやつもいるでしょうし、まして、徳《とく》の高い僧《そう》の肉ならねえ……。」

悟空《ごくう》は小さくうなずいた。

「たしかに、妖怪《ようかい》の中には、手ごわいやつもいる。」

「そうですよ。金身羅漢様《こんしんらかんさま》では手におえない妖怪《ようかい》もいるでしょうし。」

金身羅漢《こんしんらかん》とは、沙悟浄《さごじょう》が釈迦如来《しゃかにょらい》からもらった来世《らいせ》の名だ。

悟空《ごくう》が東海竜王《とうかいりゅうおう》の顔を見ると、なぜか東海竜王《とうかいりゅうおう》の口もとがゆるんでいる。

それで、悟空《ごくう》が、

「敖広《ごうこう》。何かおかしいか。」

とたずねると、東海竜王《とうかいりゅうおう》は、

「いえ、べつに……。」

といったが、どう見ても、目が笑っている。

「なんだよ。いいたいことがあるなら、はっきりいったらいいだろうが。」

悟空《ごくう》の言葉に、東海竜王《とうかいりゅうおう》はいった。

「では、いわせていただきますが、さきほどもうしあげましたように、遊びにいらっしゃるのに、いちいち理由はいりませんよ。それは、ここでも長安でもおなじです。」

「べつに、おれは長安に遊びにいきたいわけではない。」

といいきってから、悟空《ごくう》はいいたした。

「だが、いくら来世《らいせ》で梅檀功徳仏《せんだんくどくぶつ》になることがきまっていても、師匠《ししょう》を早死にさせていいことにはならないな。」

「もちろん、そうですとも!」

東海竜王《とうかいりゅうおう》が大きくうなずいたときには、悟空《ごくう》はもう立ちあがっていた。

「うまい茶をごちそうになった。またくる。」

悟空《ごくう》はそういいのこすと、大またで広間を出ていった。

一

啓夏門《けいかもん》

悟浄《ごじょう》がおともだって？　なあ、辯機《べんき》。おまえは、悟浄《ごじょう》や八戒《はっかい》がどれくらいあてにな……。

空から見るとよくわかるが、長安の都は、南北よりも東西がいくらか長い四角形をしている。北側のおよそ半分は禁苑《きんえん》とよばれる広い庭園と帝《みかど》の住む巨大《きょだい》な宮殿《きゅうでん》だ。都全体をとてつもなく広い城《しろ》だとすると、帝《みかど》の宮殿《きゅうでん》は城《しろ》の中の城《しろ》だといえる。そして、南側の半分には、町の人々が住んでいる。

孫悟空《そんごくう》は北にある宮殿《きゅうでん》のほうではなく、南側から長安に近づいた。

東西にのびる城壁《じょうへき》の右のはずれに、大きな池がある。東海竜王敖広《とうかいりゅうおうごうこう》がいっていた芙《ふ》蓉池《よういけ》だ。その芙蓉池《ふよういけ》のほとり、人のいない林で、悟空《ごくう》は觔斗雲《きんとうん》からおりた。

林をぬけ、悟空《ごくう》は池を見わたして、なるほど、これは東海竜王敖広《とうかいりゅうおうごうこう》がいったとおり、竜《りゅう》などいないと納得《なっとく》した。考えてみれば、芙蓉《ふよう》とは蓮《はす》のことなのだから、池が蓮《はす》の葉

におおわれているのはあたりまえで、ということは、池の深さはせいぜい、人間の背《せ》丈《たけ》くらいだろう。蓮《はす》は深い池には、はえない。

竜《りゅう》の大きさにもよるが、ふつうの竜《りゅう》なら、そんなに浅い池に住むことはできない。寝《ね》ていて、寝《ね》がえりをうつたびに、体のどこかが水面から出てしまう。もっとも、東《とう》海竜王《かいりゅうおう》のように、半分人間のような姿《すがた》になることができればべつだが、それは竜王《りゅうおう》など高い位の竜《りゅう》になって、やっとできることなのだ。

紅白《こうはく》の梅が咲《さ》く岸辺の道をとおり、悟空《ごくう》はいちばん近い啓夏門《けいかもん》という門のそばまできて、立ちどまった。

まさか天界の門が人間世界の門をまねたわけではなく、その逆《ぎゃく》だろうが、この国の城門《じょうもん》は天界の門とよく似《に》ている。人間が天界の門をまねたとすれば、おそらくだれか仙人《せんにん》が天界の門を見てきて、それを帝《みかど》やら王やらに教えたのだろう。

それにしても、よく似《に》ている。今にも、四天王のだれかが、

「おう、斉天大聖《せいてんたいせい》ではないか。」

といって、出てきそうな気さえする。

長安の啓夏門《けいかもん》には、見張《みは》りの兵がおおぜいいる。ざっと数えて、二十人ほどだろう

か。天界の門には、ふたりか、せいぜい四人しかいない。どうせ、だれも攻《せ》めてはこないのだ。見張《みは》りはふたりでも多すぎるくらいだろう。ところが、人間の城《しろ》となると、どうせだれも攻《せ》めてこないだろうなどと、たかをくってはいられない。見張《みは》りの兵たちは、門から出入りする者たちをいちいちしらべている。

天界の兵がたばになってかかってきても、悟空《ごくう》にはかなわない。まして、二十人ほどの人間の兵士では話にならない。とはいえ、人間の兵士あいてに大立ちまわりをえんじても、自慢《じまん》にはならないし、あとで師匠《ししょう》の三蔵《さんぞう》に説教されるだけなので、悟空《ごくう》はひとまずとんぼ返りをうち、羽虫に姿《すがた》をかえて、啓夏門《けいかもん》をとおりぬけた。そして、とおりぬけたところで、またとんぼ返りをうち、今度は、笠《かさ》をかぶった若い僧《そう》に化け、弘福寺《こうふくじ》を目ざした。

北にむかって歩いていくと、右手に五層《そう》の塔《とう》が見えてくる。玄奘三蔵《げんじょうさんぞう》はその塔《とう》で、天竺《てんじく》から持ちかえった経《きょう》をこの国の文字《もじ》になおしているのだ。もともと、たいていの経《きょう》は天竺《てんじく》の文字《もじ》で書かれているのだ。

弘福寺《こうふくじ》の門まできて、庭をのぞくと、悟空《ごくう》の知っている若《わか》い僧《そう》が年上の僧《そう》たちと何かを話している。あれをこうして、それはああして、というふうに、あれこれいいつけているようだ。その僧《そう》は若《わか》くても、三蔵《さんぞう》の四番弟子《でし》だから、いくら年下でも、まわりにいる僧《そう》よりは地位が高いのだ。

悟空《ごくう》は門をくぐり、頭につけていた笠《かさ》を軽くあげて、その僧《そう》に声をかけた。

「おおい、辯機《べんき》！」

その僧《そう》、すなわち辯機《べんき》は悟空《ごくう》のほうを見て、一瞬《いっしゅん》、だれだろうと首をかしげたが、すぐに客がだれだかわかったようで、悟空《ごくう》のほうに走ってきて、いった。

「これは、これは悟空様《ごくうさま》。よくおいでくださいました。」

悟空《ごくう》は笠《かさ》をぬいで、いった。

「よく、おれだとわかったな。」

「わかりますよ。そのかっこうは、はじめてお目にかかったときと同じですし、それに、声でわかります。」

辯機《べんき》はそういいながら、悟空《ごくう》の手から笠《かさ》をとり、五層《そう》の塔《とう》にむかって、歩きだした。

三蔵《さんぞう》の一番弟子《でし》はいうまでもなく、悟空《ごくう》だ。二番弟子《でし》は猪八戒《ちょはっかい》。三番弟子《でし》は沙悟浄《さごじょう》で、この三名は人間ではない。だから、人間の弟子《でし》としては、若《わか》い辯機《べんき》は三蔵《さんぞう》の一番弟子《でし》なのだ。

天竺《てんじく》から帰ってきてから、悟空《ごくう》が三蔵《さんぞう》をおとずれるのはこれで二度目だ。最初は去年の秋だから、およそ半年ぶりということになる。

庭にいた僧《そう》たちは、辯機《べんき》が悟空《ごくう》の笠《かさ》をもち、塔《とう》に案内するところを見て、悟空《ごくう》をどこかの身分の高い僧《そう》だと思ったのかもしれない。みな、両手を合わせて、頭をさげて、悟空《ごくう》を見おくっている。

塔《とう》のまえまでくると、辯機《べんき》は立ちどまって、悟空《ごくう》にいった。

「悟空様《ごくうさま》。兄弟子《あにでし》の沙悟浄様《さごじょうさま》からうかがいましたが、悟空様《ごくうさま》は来世《らいせ》で、闘戦勝仏《とうせんしょうぶつ》というお名まえの仏様《ほとけさま》になられるとのことですが、その名でお呼《よ》びしたほうがよいでしょうか。いえ、なぜ、そのようなことをおききするかというと、沙悟浄様《さごじょうさま》も来世《らいせ》で金身《こんしん》羅漢様《らかんさま》になられることがきまっておられるのに、その名でお呼《よ》びすると、いやな顔をなさるのです。ですから、悟空様《ごくうさま》も同じではないかと……。」

「悟浄《ごじょう》も、金身羅漢《こんしんらかん》という名がいやなのか。どうしてかな。あいつ、天竺《てんじく》のおやじの前では、ありがたがっていたくせに。」

悟空《ごくう》も立ちどまり、そういうと、辯機《べんき》は、

「天竺《てんじく》のおやじとおっしゃると、ひょっとして、それは……。」

と、そこで口をつぐんだ。

「天竺《てんじく》のおやじといったら、釈迦牟尼如来《しゃかむににょらい》にきまってる。」

悟空《ごくう》の言葉に、辯機《べんき》はため息をついて、

「お師匠様《ししょうさま》も、悟浄様《ごじょうさま》も、悟空様《ごくうさま》も、みな様《さま》、お釈迦様《しゃかさま》にお目にかかったのですね。なんという幸せなのでしょう。」

といった。

それを聞いて、悟空《ごくう》がため息をつき、

「おまえね。おれはなにも、好きこのんで、あのおやじに会いにいったわけじゃないし、おまえは知らないかもしれないが、おれはあいつのせいで、五百年ものあいだ……。」

というと、それを辯機《べんき》がさえぎった。

「五行山《ごぎょうざん》の下にとじこめられていたとおっしゃるのでしょう。お釈迦様《しゃかさま》にしたしくお目にかかれるのでしたら、五百年が千年でも、とじこめられて、悔《く》いはありません。」

「あ、そう。だけど、おまえ。とじこめられたなんて、なまやさしいものじゃないぜ、あれは。五行山《ごぎょうざん》に、山ごとのっかられたんだからな。」

悟空《ごくう》はそういってから、辯機《べんき》にたずねた。

「ところで、おまえ。お師匠様《ししょうさま》は塔《とう》の中にいるのか？」

「いらっしゃいます。すぐにご案内いたします。さ、どうぞ。」

と辯機《べんき》が塔《とう》の入口をさししめしたとき、悟空《ごくう》はいった。

「いや、待て。ここまできて、そんなにあわてることはない。お師匠様《ししょうさま》に会うまえに、おまえにちょっとききたいことがあるんだ。」

「わたしにききたいこととは、はて、なんでございましょう。」

いぶかしそうな顔をした辯機《べんき》の肩《かた》に手をかけ、悟空《ごくう》は塔《とう》の横に辯機《べんき》をつれていき、

「長安で、このごろ、人がいなくなるというのは、ほんとうか？」

とたずねた。

辯機《べんき》はうなずいた。

「はい。ほんとうでございます。日にひとりか、ふたりはいなくなっております。」

「はい。ほんとうでございますって、おまえ、あたりまえみたいにいうなよ。もし、お師匠様《ししょうさま》が消えてしまったら、どうするのだ。」

「それはだいじょうぶでございます。お師匠様《ししょうさま》がご外出のおりには、かならず悟浄様《ごじょうさま》

がおともいたしますから。」

「悟浄《ごじょう》がおともだって？　なあ、辯機《べんき》。おまえは、悟浄《ごじょう》や八戒《はっかい》がどれくらいあてにな……。」

そのあと悟空《ごくう》は、

「……らないか、おまえは知らないから、そんなことがいえるんだ。」

と、そういおうと思ったのだが、いくらほんとうのことでも、八戒《はっかい》と悟浄《ごじょう》の悪口になるようなことを辯機《べんき》にいう必要もないので、咳《せき》ばらいをしてから、言葉をつづけた。

「……るにしても、用心にこしたことはない。まあ、悟浄《ごじょう》がついていれば、お師匠様《ししょうさま》はだいじょうぶだろうが、だれが都の人間をつれさっているにしても、そいつをつかまえるなり、退治《たいじ》するなりしなければ、ことは解決《かいけつ》しない。おれがこうやって長安にきたのは、べつにお師匠様《ししょうさま》の仕事のじゃまをしたり、さびしがって会いにきたわけじゃない。なんというか、お師匠様《ししょうさま》が安心して仕事ができるようにだな……。」

悟空《ごくう》がそこまでいったとき、うしろから辯機《べんき》を呼《よ》ぶ声がした。

「辯機《べんき》。お師匠様《ししょうさま》が……。」

悟空《ごくう》がふりむくと、塔《とう》の入口近くに、悟浄《ごじょう》が立っている。

悟浄《ごじょう》は悟空《ごくう》の顔を見るなり、

「おや、これはお客様でございましたか。」

といった。

悟空《ごくう》はすたすたと悟浄《ごじょう》に近づくと、げんこつで悟浄《ごじょう》の頭をポカリと軽くなぐった。

「悟浄《ごじょう》。何がお客様でございましたか、だ。すぐに兄弟子《あにでし》に気づかぬとは、けしからん。辯機《べんき》などは、すぐにおれだとわかったぞ。」

「おお、その声は兄者ではないか。」

悟浄《ごじょう》がそういったところで、辯機《べんき》がかけよってきた。そして、

「悟空様《ごくうさま》は、かどわかしの犯人《はんにん》をつかまえにこられたのです。」

といった。

「かどわかしの犯人《はんにん》?」

悟浄《ごじょう》は辯機《べんき》を見て、そういってから、悟空《ごくう》にいった。

「そんなものは役人にまかせておけばいいのだ。何も、兄者が出ばってくることはない。」

「そんなことをいったって、お師匠様《ししょうさま》に何かがあったら、とりかえしがつかないでは

ないか。」

悟空《ごくう》がそういうと、悟浄《ごじょう》は辯機《べんき》に、

「おまえはもうよいから、お師匠様《ししょうさま》のところに、茶を持っていけ。のどがかわいたとおっしゃっておられるから。」

といい、

「それでは。」

と辯機《べんき》が塔《とう》に入ってしまうと、小声で悟空《ごくう》にいった。

「お師匠様《ししょうさま》のことは、おれがついているからだいじょうぶだ。」

悟空《ごくう》は横目で悟浄《ごじょう》を見た。

「へえ、金身羅漢様《こんしんらかんさま》ともなると、ずいぶん自信がつくもんだな。」

「いや、そういうわけではない。」

「とにかく、その人さらい野郎《やろう》だが、つかまえるにこしたことはない。まあ、おまえが本気になってやれば、そんなやつを退治《たいじ》するのはわけもないことだろう。だが、おまえ、お師匠様《ししょうさま》の世話でいそがしいだろ。だから、おれがかわりにやってやるっていっているのだ。お師匠様《ししょうさま》だって、じぶんが住んでいる都で人が次々にいなくなるんじゃ、心やすらかではいられまい。ちがうか。」

「それはそうだろうが……。」

「まあ、お師匠様《ししょうさま》への手みやげに、おれが退治《たいじ》してやるから、くわしい話をしてみろ。」

「わかった。」

といって、悟浄《ごじょう》は話しだした。

そりゃあ、そうだろう。兄者のところに、天界からどういう使いがくるのだ。まさか、蟠桃園《ばんとうえん》の番人にもどしてやるから、帰ってこいとはいえまいよ。

二

捲簾大将《けんれんたいしょう》

「梅が咲《さ》きはじめたころだから、もう半月近くになるかな。夕刻《ゆうこく》、都の門が閉《し》まるころに、都の外に見まわりに出ていた若《わか》い騎兵隊長《きへいたいちょう》がふたりの部下の騎兵《きへい》をともなって、明徳門《めいとくもん》から都に入り、そのまままっすぐすすんでいった。朱雀門《すざくもん》までは、町の者もいけるが、その先は役人や兵士でなければ入れない。それで、あと少しで朱雀門《すざくもん》というところまできて、騎兵隊長《きへいたいちょう》はふと横道に目をやり、ふたりの部下に、あとからすぐに帰るから、さきに帰れといって、自分は馬をおり、馬のたづなをわたした。

道で事件《じけん》でも起こっているなら、隊長だけいかせるわけにはいかないし、だいいち、それなら、隊長がじぶんたちをさきに帰らせるわけもない。なにかじぶんだけの用事があるのだろうと、そのていどにしか考えず、ふたりの部下は朱雀門《すざくもん》をくぐったさきにある騎兵《きへい》の館《やかた》に帰ってしまった。

ところが、それきり隊長はもどってこない。夜中になって、ふたりの部下だけではなく、ほかの騎兵《きへい》もまじえて、町中さがしたが、どこへいったか、隊長はそれきりいなくなってしまった。それからというもの、日にひとりかふたり、人が失踪《しっそう》してしまう。いなくなるのは、だいたい都の門が閉《し》まるころ、つまり夕刻《ゆうこく》だ。これが、真昼間《まっぴるま》なら、門が開いているから、どこか都の外に出ていったんだろうということになるが、もう門が閉《し》まるころになって、外に出ていく者などいない。いったん出たら、夜が明けるまで帰れない。もし、出ていく者がいたとしても、門番の兵士たちに見とがめられる。まあ、昼間にしたところで、だれにも見られずに、門から出ていくことはできない。だから、いなくなった男たちは都の中にいるはずなのだ。」

沙悟浄《さごじょう》がそこまでいったとき、孫悟空《そんごくう》は話をさえぎった。

「待て、悟浄《ごじょう》。おまえ、今、いなくなった男たちといったな。では、いなくなった女たちはどうなのだ。女だって、日が暮《く》れたら、都の外には出られまい。」

「むろん、女も出られない。おれが男たちといったのは、いなくなったのはぜんぶ男だからだ。女はひとりもいない。」

「なんだと？　男だけだと？　それはまた、なぜだ。」

悟空《ごくう》がそういうと、悟浄《ごじょう》は悟空《ごくう》の目をのぞきこむように見て、

「そんなこと、おれにわかるわけがないだろうが。それがわかるのは、男たちをつれさっていくやつだけだ。」

といった。

「つれさっていくやつだけだ、なんていうところをみると、悟浄《ごじょう》、おまえ、やっぱり男たちはじぶんでいなくなったのではなく、だれかがつれていったと、そう思っているんだな。」

「まあ、そうだ。これだけ広い町だから、いろいろなやつがいる。中には、ここがいやで逃《に》げだすやつだって、いるだろう。だが、毎日のようにだれかが逃《に》げていかなきゃならぬほど、この長安という都は住みにくくない。」

今度は悟空《ごくう》が悟浄《ごじょう》の目をのぞきこむ番だった。

悟空《ごくう》はからかうような口調でいった。

「そうか。おまえ、ここが住みいいから、ここにとどまっているんだな。」

「なにをいっているのだ、兄者。おれがここにいるのは、ここが住みよいからではな

い。住みよかろうが、住みにくかろうが、なんというか、お師匠様《ししょうさま》も天竺《てんじく》からお帰りになったばかりで、なにかとお手伝《てつだ》いしなければならないこともあるから、おれはここにいるのだ。」

むきになる悟浄《ごじょう》に、悟空《ごくう》がさらに、

「おれたちが天竺《てんじく》から帰ってきてから、もう一年半ほどたつぞ。天竺《てんじく》からお帰りになったばかりってことはなかろうよ。それに、なにかとお手伝《てつだ》いってやつも、辯機《べんき》がいれば、なんとかなるんじゃないか。」

というと、悟浄《ごじょう》は、

「それはそうかもしれんが……。」

といってから、急に話を変えた。

「そんなことより、兄者。いなくなった男たちのことはいいのか。」

要するに、悟浄《ごじょう》はまだお師匠様《ししょうさま》、つまり玄奘三蔵《げんじょうさんぞう》のそばにいたいのだ。それについては、悟空《ごくう》も悟浄《ごじょう》をせめることはできない。悟空《ごくう》にしても、都で人をさらっていくやつをつかまえるというのは口実で、三蔵《さんぞう》に会うのがほんとうの目的だからだ。

「たしかに、おまえがどうしてここにいるかは、今、だいじな問題ではない。それで、いなくなったほかの男たちというのは、どういうやつらなのだ。」

「それについては、そこの啓夏門《けいかもん》の門番の隊長をしている黄勇《こうゆう》という男がくわしいと思う。ここにも、お師匠様《ししょうさま》の話を聞きにくる。そうだ、辯機《べんき》にいって、つれてこさせよう。」

悟浄《ごじょう》はそういうと、ちょうど近くを通りがかった僧《そう》を呼《よ》びとめて、いった。

「おい。辯機《べんき》を呼《よ》んできてくれ。お師匠様《ししょうさま》のお近くにいるはずだ。」

僧《そう》がいそぎ足で塔《とう》に入っていくと、すぐに辯機《べんき》が出てきた。

悟浄《ごじょう》は辯機《べんき》に声をかけた。

「辯機《べんき》。すまぬが、すぐに、啓夏門《けいかもん》にいって、黄勇《こうゆう》をつれてきてくれ。」

「わかりました！」

と辯機《べんき》が寺から出ていったところで、悟空《ごくう》は悟浄《ごじょう》にいった。

「おい、悟浄《ごじょう》。おまえ、金身羅漢《こんしんらかん》って呼《よ》ばれると、いやな顔をするんだってな。どうしてだ。せっかく天竺《てんじく》のおやじにもらった名まえじゃないか。」

「釈迦如来様《しゃかにょらいさま》にいただいた名ということでは、お師匠様《ししょうさま》にしても、栴檀功徳仏《せんだんくどくぶつ》という来世名《らいせめい》をお持ちだ。しかし、お師匠様《ししょうさま》はまだ玄奘三蔵《げんじょうさんぞう》という名を使われている。お師《し》匠様《しょうさま》がそうなのに、おれが金身羅漢《こんしんらかん》などと人に呼《よ》ばせるのは僭越《せんえつ》ではないか。」

悟浄《ごじょう》は、いかにも理にかなっていることだといわんばかりにそういったが、そういってから、いくらか声をおとして、

「じつはな……。」

とつぶやいた。

だが、それきりだまってしまったので、悟空《ごくう》は、

「じつは、なんなのだ、悟浄《ごじょう》。」

と話をうながした。すると、悟浄《ごじょう》は一度空を見あげ、それから次に地面を見て、いった。

「じつは、このあいだ、玉帝陛下《ぎょくていへいか》の使者がきた。」

そういわれ、悟空《ごくう》はなぜ天界の帝《みかど》の玉帝《ぎょくてい》から悟浄《ごじょう》のところに使いがきたのか、およその見当はついた。だが、とぼけて、

「へえ、なんの使いだ？　おれのところにはこないぞ。」

というと、悟浄《ごじょう》はいった。

「そりゃあ、そうだろう。兄者のところに、天界からどういう使いがくるのだ。まさ

か、蟠桃園《ばんとうえん》の番人にもどしてやるから、帰ってこいとはいえまいよ。」

悟空《ごくう》は一時、天界の蟠桃園《ばんとうえん》という桃園《ももえん》の番人をしていたことがある。それは、天界の玉帝《ぎょくてい》が悟空《ごくう》をおとなしくさせるためにあたえた仕事だ。玉帝《ぎょくてい》は悟空《ごくう》に、〈斉天大聖《せいてんたいせい》〉という、名ばかりは最高の官位をあたえ、蟠桃園《ばんとうえん》の右手に斉天大聖府《せいてんたいせいふ》を建てて、それで、悟空《ごくう》になにをさせたかというと、桃《もも》の番人だった。

むろん、悟空《ごくう》はそんなところにじっとしてはおらず、すぐにとびだしてしまったのだが、そのときの官位の斉天大聖《せいてんたいせい》は、じぶんでも気に入っている。〈斉天《せいてん》〉とは天とひとしいという意味なのだ。

ともあれ、そこでまた悟浄《ごじょう》がだまってしまったので、悟空《ごくう》はさきをうながすことはせず、しばらく待ってから、どうでもいいようなことをたずねた。

「使者はだれだったのだ。」

「太白金星殿《たいはくきんせいどの》だ。」

「太白金星《たいはくきんせい》かあ……。」

悟空《ごくう》はそういって、空を見あげた。最初に悟空《ごくう》を天界にむかえにきたのも太白金星《たいはくきんせい》だった。どちらかといえば気のいい年よりで、天界の住民にしては、そんなにいやなやつではなかった。

悟空《ごくう》が空から悟浄《ごじょう》に視線《しせん》をうつし、

「あのじいさん、元気だったか。」

とたずねると、悟浄《ごじょう》は、

「ああ。元気だった。」

と答え、まただまりこんでしまった。

しばらく時間が流れた。

悟空《ごくう》はいった。

「だから、つまり、あれだろ。桃《もも》の番をしろって、おれにはいってこれないだろうって、おまえ、そんなことをいうところをみると、おまえのところには、捲簾大将《けんれんたいしょう》にもどしてやるから、もどってこいって、そういってきたんだろ。」

悟浄《ごじょう》はだまって、うなずいた。

悟空《ごくう》はつづけて、いった。

「まあ、おれは気に入っているが、斉天大聖《せいてんたいせい》っていうのは、天の玉帝野郎《ぎょくていやろう》がその場の思いつきででっちあげた官位で、仕事っていえば、桃《もも》の番だった。だが、捲簾大将《けんれんたいしょう》っていったら、玉帝《ぎょくてい》のそばにつかえる側近だもんなあ。もどりたいっていう気持ちはわかる。きらびやかで、いかにも天界の住民が好きそうな地位だ。」

だが、それを聞いて、悟浄《ごじょう》は顔をあげ、首を左右にふった。

「いや、お師匠様《ししょうさま》のお世話をほうりだして、捲簾大将《けんれんたいしょう》にもどりたいっていうのではないのだ。いや、だからといって、捲簾大将《けんれんたいしょう》に返り咲《ざ》くのがいやだということもない。つまり、おれがいいたいのは、おれとしては、金身羅漢《こんしんらかん》より、なんというか、捲簾大《けんれんたい》将《しょう》のほうがだな……。」

そこまでいって、悟浄《ごじょう》はまただまってしまった。

「つまり、おれの斉天大聖《せいてんたいせい》とおなじで、おまえとしては金身羅漢《こんしんらかん》より、捲簾大将《けんれんたいしょう》のほうが気に入ってるってことか。」

悟空《ごくう》の言葉に、悟浄《ごじょう》はまた首をふった。

「気に入るとか、気に入らないとか、そういうことじゃない。兄者、考えてもみろ。羅漢《らかん》っていうのは、仏弟子《ぶつでし》が修行《しゅぎょう》をしてたどりつける最高の位だぞ。てくてく歩いて天竺《てんじく》まで、お師匠様《ししょうさま》を守りながら旅をしたのは、けっこうたいへんなこともあったが、どちらかというと、楽しいことのほうが多かったではないか。それを修行《しゅぎょう》だなんて、おこがましいではないか。それなら、まだ天界の神将《しんしょう》の捲簾大将《けんれんたいしょう》のほうがおれにふさわしいということだ。」

「ふうん、そうか。」

「そうだ。」

悟浄《ごじょう》がうなずいたところで、悟空《ごくう》はいった。

「あのじいさんがおまえのところにきたってことは、高老荘《こうろうそう》の八戒《はっかい》のところにも、やっぱり、じいさん、出かけていったのかな。」

「たぶん、いかれただろうな。おれのところにもきたのだ。八戒兄者《はっかいあにじゃ》のもとの天界での地位は天蓬元帥《てんぽうげんすい》、天の川の水軍の総指揮者《そうしきしゃ》だ。格《かく》からいったら、おれより上だからな。おれのところに使いがきて、八戒兄者《はっかいあにじゃ》のところにはいかないってことはないだろう。べつに、太白金星殿《たいはくきんせいどの》にたしかめたわけではないが、たぶん、おれのところよりさきにいってると思う。」

悟浄《ごじょう》はそういってから、

「八戒兄者《はっかいあにじゃ》は天界に帰るだろうか。」

とだれにいうともなくいった。

「いやあ、女房《にょうぼう》の翠蘭《すいらん》が生きているうちは、帰らんだろうなあ。あの野郎《やろう》、女房《にょうぼう》にべたぼれだ。じゃなけりゃ、天竺《てんじく》から帰ってきて、浄壇使者《じょうだんししゃ》なんていうごたいそうな位をもらったのに、人間の女の亭主《ていしゅ》にもどろうなんて思うもんか。」

「そうだろうなあ……。」

といって、悟浄《ごじょう》がため息をついた。

悟空《ごくう》はいった。

「こうしてみると、お師匠様《ししょうさま》のところにいるおまえにしても、翠蘭《すいらん》からはなれない八戒《はっかい》にしても、未練たらしいなあ。そこにいくと、おれなんか、ちゃんともとのところにもどっているからな。おれはもともと、猿《さる》の王だからな。」

「そんなことといっても、こうして、お師匠様《ししょうさま》に会いにきてるではないか。」

「それはおまえ、都で人がいなくなるっていう話を聞いたから……。」

と悟空《ごくう》がいったとき、寺の門から、

「悟浄様《ごじょうさま》。黄勇様《こうゆうさま》をおつれしましたーっ！」

と、辯機《べんき》の声が聞こえた。

見れば、辯機《べんき》といっしょにいるのは、門番の軽い鎧《よろい》を身につけ、兜《かぶと》を背中《せなか》に背負《せお》った中年の男だった。腰《こし》には剣《けん》をさげている。体が大きいので、となりにいる辯機《べんき》が小さな子どもに見えた。

三

黄勇《こうゆう》

ぼうずはどうだ。僧《そう》はいないのか？

辯機《べんき》につれられて、孫悟空《そんごくう》のすぐそばまでやってきた啓夏門《けいかもん》の門番の隊長、黄勇《こうゆう》はいきなり孫悟空《そんごくう》のまえに両手をついて、平伏《ひれふ》した。悟空《ごくう》があっけにとられ、なにもいわずにいると、黄勇《こうゆう》は顔をあげずに、いった。

「わが師《し》、玄奘三蔵様《げんじょうさんぞうさま》の一番のお弟子様《でしさま》でおられる斉天大聖孫悟空様《せいてんたいせいそんごくうさま》とお見うけいたします。きょうは、わたしのようなものまで、お目どおりくださるとのことで、まことにもって光栄でございます。」

三蔵《さんぞう》の弟子《でし》なら、悟空《ごくう》が闘戦勝仏《とうせんしょうぶつ》という来世《らいせ》の名を持っていることを知っているかもしれない。知っているとして、悟空《ごくう》のことをそう呼《よ》ばないのは、そのほうがいいと辯機《べんき》にいわれたからかもしれない。

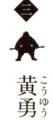

悟空《ごくう》は、

「いかにも、おれは斉天大聖孫悟空《せいてんたいせいそんごくう》だ。」

といってから、まだ顔をあげない黄勇《こうゆう》にいった。

「はいつくばってないで、立てよ。」

「いえ。このままで……。」

と身をかたくする黄勇《こうゆう》に、悟空《ごくう》はもう一度いった。

「それじゃあ話がしにくいから、顔をあげて、立てといっているのだ。」

すると、黄勇《こうゆう》はようやく、顔をあげ、

「それでは……。」

といってから、立ちあがった。だが、あいかわらず、悟空《ごくう》のほうは見ずに、うつむいている。

沙悟浄《さごじょう》は悟空《ごくう》より背《せ》が高い。その悟浄《ごじょう》より黄勇《こうゆう》のほうが大きい。

「そんな、でかいなりをして、若《わか》い娘《むすめ》でもあるまいし、いつまでもうつむいているんじゃない。ちゃんとおれの顔を見ろ。」

悟空《ごくう》にそういわれ、ようやく黄勇《こうゆう》は顔をあげ、悟空《ごくう》の顔を見た。そして、

「かねがね辯機様《べんきさま》より、あなたさまのお話はうかがっておりますが……。」

といったが、ひょっとするとそのあと、やはり猿《さる》なのですね、というようなことをいいたかったのかもしれない。しかし、黄勇《こうゆう》はそうはいわず、悟浄《ごじょう》に視線《しせん》をうつして、いった。

「わたしにご用とは、なんでございましょうか。」

悟浄《ごじょう》はいった。

「じつは、兄者は、このごろ都に横行しているかどわかしの犯人《はんにん》をつかまえにきてくれたのだ。このあいだ、おまえが寺にきたとき、そのことをだれかと話しておっただろう。なにか知っていることがあったら、話してくれ。」

「はい。わたしも、かどわかしの件《けん》をしらべております。いえ、啓夏門《けいかもん》の守備《しゅび》がわたしの仕事で、かどわかしはまた別の部隊が調査《ちょうさ》をしているのですが、最初にいなくなった騎兵隊長《きへいたいちょう》の張敏《ちょうびん》という男はもともとわたしの部下だったのです。みなにも好かれておりましたし、頭もよく、また美しくもあったので、騎兵《きへい》に抜擢《ばってき》され、今ではわたしよりも、身分が上になっています。張敏《ちょうびん》は脱走《だっそう》するような男ではないし、わたしとしても心配なので、何者かにつれていかれたのなら、なんとかつれもどしたいと思っております。そのためには、犯人《はんにん》をつかまえるのがいちばんですが、これがかいもく見当がつきません。」

そう答えた黄勇《こうゆう》に、悟空《ごくう》はたずねた。

「犯人《はんにん》の見当はつかなくても、いなくなった者たちのことはぜんぶわかっているのだな。いなくなったときのようすはどうだ。」

黄勇《こうゆう》は答えた。

「いなくなったときのようすというのは、くわしくはわかりません。なにしろ、だれも見ていないときに、まるで消えたみたいに、いなくなるのです。」

「いなくなるのは、一日に、ひとりかふたりだということだが、ふたりいっぺんにということは?」

「そういうことはありません。ふたりいなくなったのは、ぜんぜん別の場所です。」

「ぜんぜん別とは、どれくらい別なのだ。」

「はい。四日ほどまえに、役人がひとり、大工がひとり、いなくなったのですが、役人は上司と朱雀門《すざくもん》の近くで別れ、そのあと、だれも見ていません。大工は芙蓉池《ふよういけ》の近くであずまやを作っており、そろそろ仕事を終えようと、道具をかたづけているところを仲間の大工が見ています。だれかがその大工を見たのは、それが最後です。」

黄勇《こうゆう》がそういうと、悟浄《ごじょう》が、

「朱雀門《すざくもん》は、都のまん中で、芙蓉池《ふよういけ》は南東のはずれだから、かなりはなれている。」

と黄勇《こうゆう》の言葉をおぎなった。

「それで、ふたりがいなくなったのは、どちらも夕刻《ゆうこく》なのだな……。」

悟空《ごくう》がそういって腕《うで》をくむと、黄勇《こうゆう》はいった。

「もちろん、役人と大工ですから、住んでいる場所は別の区域《くいき》です。それから、いなくなった者たちの名や住んでいるところ、それから家族のことなど全部わかります。すべて書きつけた紙を持っております。お見せいたしましょうか。」

黄勇《こうゆう》が鎧《よろい》の胸《むね》のすきまに手を入れかけたところで、悟空《ごくう》は、

「いちいち書きつけを見なくても、だいたいでよい。ほかに、いなくなった者たちの特徴《とくちょう》で、たとえば、年とか、家が近いとか、似《に》かよっているところはないか。」

とたずねた。

黄勇《こうゆう》は答えた。

「あります。みな、若《わか》い男で、三十をこえている者はひとりもいません。ですが、住

んでいる場所はあちこちにわかれております。」

悟空《ごくう》は悟浄《ごじょう》にいった。

「若《わか》い男ばかりつれていくということは、どこかで、きつい仕事をさせるためにつれさったのかな。」

「そうかもしれんな。」

と答えたあとで、悟浄《ごじょう》はいった。

「それより、兄者。兄者は、ひょっとすると、男たちをつれていったのは人間ではないと、そう思っているのか。」

「なぜ、おれがそう思うと思ったのだ。」

「いや、じつは、さっき兄者に話しているときに、おれは自分でもそう思ったのだ。この事件《じけん》については、役人や兵隊にまかせておけばいいと思い、正直にいうと、今までたいして気にとめていなかったのだ。だが、兄者に話していて、ふと思った。だれかをかどわかすことはできても、都から外につれだすことはむずかしい。まして、このごろでは、そのために役人や兵隊も動きだしている。となると、つれていかれた男たちは、この都のどこかにとじこめられているか、人にはできない方法で都の外につれていかれたのではないかと思うのだ。」

「だが、都のどこかにとじこめておくだけなら、人間にもできるぞ。」

悟空《ごくう》がそういったところで、辯機《べんき》が横から口をはさんだ。

「でも、兄弟子様《あにでしさま》。二十人もの男たちをどこかにとじこめておくとすれば、せまい家では無理ですし、食べ物もかなりの量が必要です。今まで二十人分もの食料を買いにきたことがない人間が市場にいって、そんなにたくさんのものを買えば、目立ちます。犯人《はんにん》をさがしている役人や兵隊だって、そのへんのところはしらべているはずです。」

辯機《べんき》の言葉に、黄勇《こうゆう》は大きくうなずいた。

「わたしも、自分であちこちの市場にいき、このごろ大人数分の米やら麦やらを買っていった者がいないか、たずね歩いたのですが、身元のわかっている宿屋や飯屋のほか、そういう者はいないのです。」

すると、悟浄《ごじょう》がいかにもいいにくそうにいった。

「では、ひょっとすると、かどわかされた男たちはもうこの世には……。」

「そういうこともありえる。だが、つれさられた男たちが生きているにせよ、生きていないにせよ、犯人《はんにん》は人間ではなかろうよ。」

悟空《ごくう》はそういってから、悟浄《ごじょう》、辯機《べんき》、黄勇《こうゆう》の顔を順番に見た。そして、こういいたした。

「男たちをつれていったやつが、もし、ふたりとか三人とか、もっとおおぜいでやっているとすれば、目立つ。今までにだれにも見られていないのはおかしい。だが、ひとりだとすると、どうやって、朱雀門《すざくもん》と芙蓉池《ふようけ》で短い時間のあいだに、別の男をつかまえることができるのだ。そんなことは人間では無理だ。」

「でも、兄弟子様《あにでしさま》。ふたりの者が朱雀門《すざくもん》と芙蓉池《ふようけ》にわかれて、それぞれ別々に、役人と大工をおそったということもありえます。」

そういったのは辯機《べんき》だった。

「たしかにありえる……。」

とつぶやいてから、悟空《ごくう》はいった。

「ところで、かどわかしの目的だが、若《わか》い男たちをつかまえ、こき使って、はたらかせるというなら、人間でも妖怪《ようかい》でもするだろう。しかし、ただ殺すために、毎日、男をつかまえていくとすれば、それはなんのためだ？　殺すのが楽しいからということも、考えられなくはない。そういう人間だっているかもしれない。だが、それよりもっと考えられるのは、殺して食うことだ。よほどのことがないかぎり、人間は人間を食わない。人間を食うやつがいるとすれば、それは妖怪《ようかい》か、さもなければ、妖怪《ようかい》のようなやつだ。」

悟浄《ごじょう》はかすかに、辯機《べんき》は小さく、そして、黄勇《こうゆう》は大きくうなずいた。

悟空《ごくう》は黄勇《こうゆう》にたずねた。

「ところで、いなくなった男たちの仕事はなんだ。張敏《ちょうびん》が騎兵《きへい》で、あと役人と大工がひとりだということはわかった。ほかのやつらの仕事は？」

黄勇《こうゆう》は鎧《よろい》と胸《むね》のすきまから、おりたたまれた紙をひきずりだし、それをひろげて、見ながら答えた。

「はい。米や麦をあつかう商人がひとり、野菜売りがひとり、飾《かざ》りものの職人《しょくにん》がひとり、宿屋のむすこがひとり、それから石屋がひとり……。」

そこまで黄勇《こうゆう》がいったところで、悟空《ごくう》が、

「ぼうずはどうだ。僧《そう》はいないのか？」

ときくと、黄勇《こうゆう》は首をふった。

「いえ。おりません。僧《そう》はひとりもおりません。」

悟空《ごくう》は念をおした。

「ひとりもか。」

「おりません。」

黄勇《こうゆう》が断言《だんげん》したところで、悟空《ごくう》は悟浄《ごじょう》の顔を見た。

悟浄《ごじょう》が首をかしげた。

かつて悟浄《ごじょう》は流沙河《りゅうさが》という川で、人間をつかまえて食っていたことがある。そのときの悟浄《ごじょう》の姿《すがた》は、今の悟浄《ごじょう》とは似《に》ても似《に》つかないが。

悟浄《ごじょう》は旅人をとらえて、食っていたのだ。旅人だから、商人もいれば、職人《しょくにん》もいる。悟浄《ごじょう》は妖怪《ようかい》ではないが、妖怪《ようかい》のようなものだった。

ともあれ、だいたい妖怪《ようかい》というのは、僧侶《そうりょ》の肉を好むものなのだ。たとえば玄奘三蔵《げんじょうさんぞう》のような徳《とく》の高い僧侶《そうりょ》の肉を食べると、不老不死になるといわれているし、僧《そう》の肉はふつうの人間の肉よりうまいらしい。だから、僧《そう》は妖怪《ようかい》にねらわれやすい。悟浄《ごじょう》が首をかしげたのは、もし食うために妖怪《ようかい》が人間をとらえるならば、どうしてつれされた者の中に、僧《そう》がいないのだろうと思ったのだろう。

悟空《ごくう》もそう思った。

「おかしいな。」

悟空《ごくう》がつぶやくと、悟浄《ごじょう》もいった。

「おかしい……。」

妖怪《ようかい》にとって、肉として食うなら僧《そう》がいい。しかし、生かしておいてこき使うなら、僧《そう》はあまりふさわしくない。たいていの僧《そう》にとってとくいなのは、経《きょう》を読んだり、説教をすることで、力仕事ではないからだ。ということは……。

悟空《ごくう》より悟浄《ごじょう》がさきにつぶやいた。

「みな、おそらく生きているな……。」

黄勇《こうゆう》の顔がぱっと明るくなった。

「悟浄様《ごじょうさま》。どうして、悟浄様《ごじょうさま》はそう思われるのですか。」

悟浄《ごじょう》は黄勇《こうゆう》の顔を見ずに、いった。

「どうしてといわれても……。」

悟空《ごくう》が悟浄《ごじょう》のかわりに答えた。

「そりゃあ、僧《そう》なんて、生かしてこき使うにはふさわしくないからだ。もし、妖怪《ようかい》なら、生きている僧《そう》なんて、うっとうしいだけだ。逆《ぎゃく》にいえば、僧《そう》がいないということは、つかまったやつは、生きていて、なにかのために使われているのだろうさ。」

悟空《ごくう》はそういっただけで、

「もし食うなら、僧《そう》の肉がいちばんうまいからだ。僧《そう》がつかまってないということは、いなくなったやつらが食うためにつれさられているわけじゃないってことだ。」

とはいわなかった。

ここは弘福寺《こうふくじ》なのだ。僧《そう》の肉の話をするのに、ふさわしい場所ではない。

そういわないかわりに、悟空《ごくう》は、

「犯人《はんにん》が人間でなけりゃあ、こっちはかえって仕事がやりやすい。万一、つかまえるときに、殺してしまったら、人間だと、お師匠様《ししょうさま》にまた破門《はもん》されてしまう。」

といった。

人間の肉を食う話で、暗い顔になっていた悟浄《ごじょう》がくすりと笑った。

四

酒屋

おまえ、ようすというのは、そういう意味じゃない。
外見だ。美しいとか醜《みにく》いとか。

孫悟空《そんごくう》は辯機《べんき》に、

「ところで、おれがきたことをもうお師匠様《ししょうさま》にいったか。」

とたずねた。

「いえ、まだです。もうしあげようとしていたところで、兄弟子様《あにでしさま》の悟浄様《ごじょうさま》がお呼《よ》びということでしたので、すぐまいったものですから。」

と辯機《べんき》が答えると、悟空《ごくう》はいった。

「それはちょうどいい。まだ、だまっていろ。かどわかしの犯人《はんにん》の捕《と》り物《もの》などで、お師匠様《ししょうさま》の気をわずらわすことはないからな。」

それから悟空《ごくう》は悟浄《ごじょう》に、

「おれは、この黄勇《こうゆう》といっしょに、ちょっと出かけてくる。」

といい、黄勇《こうゆう》をつれて、寺から出た。そして、寺の門を出たところで、立ちどまり、黄勇《こうゆう》にたずねた。

「おまえ、いなくなった男たちの中で、顔見知りのやつはいるか。」

黄勇《こうゆう》は答えた。

「いえ。騎兵隊長《きへいたいちょう》の張敏《ちょうびん》のほかには、わたしが顔を知っている者はおりません。」

道をいく人々が悟空《ごくう》をじろじろ見ていく。悟空《ごくう》たちをつれ、玄奘三蔵《げんじょうさんぞう》が天竺《てんじく》にいき、経《きょう》を持ちかえったことについては、長安では知らぬ者はいない。おまけに、悟浄《ごじょう》が弘《こう》福寺《ふくじ》の僧《そう》たちのために使う金を作るのに、悟空《ごくう》の似顔絵《にがおえ》を売らせ、しかもその絵が悟《ご》空《くう》にそっくりなものだから、悟空《ごくう》がそこにいれば、だれもが悟空《ごくう》だとわかる。

寺の門のまえを母親らしい女につれられた子どもがとおり、悟空《ごくう》を指さして、

「あ、母《かあ》ちゃん。孫悟空《そんごくう》だ！　孫悟空《そんごくう》がいるよ！」

といったとき、悟空《ごくう》はいきなり空を見あげて、さけんだ。

「あっ！　あれはなんだ！」

子どもばかりではなく、いっしょにいた女も、それから黄勇《こうゆう》までもが空を見た。

そのすきに、悟空《ごくう》は体をひとゆすりした。

もちろん、空になにかがいるわけではない。

「どうなされたのです、斉天大聖様《せいてんたいせいさま》。空にはなにも……。」

といいながら、悟空《ごくう》の顔を見た黄勇《こうゆう》は、

「あっ！」

と声をあげた。

今までそこにいた悟空《ごくう》のかわりに、門番姿《もんばんすがた》の男が立っているではないか。

子どもと女も、ふしぎそうな顔でこちらを見ている。

悟空《ごくう》はさけんだ瞬間《しゅんかん》、門番の兵士にばけたのだ。

「おれだ、黄勇《こうゆう》。」

小声で悟空《ごくう》がそういうと、黄勇《こうゆう》は目を見ひらいて、いった。

「話には聞いておりましたが、ほんとうにばけることができるのですね。」

「こんなことはわけもない。それより、いなくなった男たちの家で、ここからいちばん近いのはどこだ。そこへおれをつれていけ。」

「わかりました。このさきに、酒屋があり、そこの主人の弟が十日ほどまえに、いなくなっております。その酒屋にいきましょう。ですが、いって、どうなさるのです。」

「酒屋と会って、なんでもいいから話をしろ。弟が帰ってきたかどうか見にきたとか……。」

「わかりました。」

といって、黄勇《こうゆう》はその酒屋に悟空《ごくう》をつれていった。そして、悟空《ごくう》にいわれたとおり、そこの主人にたずねた。

「どうだ、弟は帰ってきたか。」

「いいえ。もどってはおりません。隊長さん。なんとか、弟をさがしてください。わたしは心配で心配で、夜もねむれないのです。」

酒屋の主人にそういわれ、黄勇《こうゆう》は悟空《ごくう》の顔を見た。そして、悟空《ごくう》が小さくうなずくと、主人に、

「わかっている。わたしも、せいいっぱいやっているのだ。それでは、なにかあったら、啓夏門《けいかもん》まで知らせにきてくれ。」

といって、店を出た。

しばらく歩いたあとで、黄勇《こうゆう》は悟空《ごくう》にいった。

「あれでよかったでしょうか。」

「ああ。あれでいい。」

と悟空《ごくう》がうなずくと、黄勇《こうゆう》はたずねた。

「斉天大聖様《せいてんたいせいさま》。なぜ、酒屋を見にいかれたのです。」

悟空《ごくう》は答えた。

「酒屋を見にいったのではない。酒屋の主人を見にいったのだ。兄弟ならば似《に》ているだろうと思ってな。あの男、なかなかきれいな男だな。」

「なにしろ、ここ長安は広いのです。このことがあるまで、わたしはあの酒屋にはいったことがなく、主人にも弟にも会ったことがありませんでした。ですが、わたしが近所の者からきいたところによると、弟は兄より、もっといい男だそうです。」

「いい男というのは、きれいな男という意味だな。」

「そうです。ですが、それがなにか……。」

黄勇《こうゆう》の問いには答えず、ぎゃくに悟空《ごくう》は黄勇《こうゆう》にたずねた。

「おまえ、あちこちしらべたのだから、いなくなった男たちの家族にはずいぶん会ったたろ。家族はどんなようすだった？」

「はい。それはもう、みな、今の酒屋の主人と同じで、うちひしがれております。」

と黄勇《こうゆう》が答えたところで、悟空《ごくう》は立ちどまり、悟空《ごくう》に合わせて立ちどまった黄勇《こうゆう》の顔を見た。

「おまえ、ようすというのは、そういう意味じゃない。外見だ。美しいとか醜《みにく》いとか。」

悟空《ごくう》がそういうと、黄勇《こうゆう》は腰《こし》に両手をあて、遠くのほうを見て、いった。

「そういうことですか。いなくなった男たちの両親だと、もう若《わか》くはなく、きれいかどうかはわかりませんが、そういえば、兄弟や姉妹を見たかぎりでは、みなきれいでした。西市《さいいち》に小さな店を持つ飾《かざ》り職人《しょくにん》の妹などは、まだ十五歳《さい》だといっておりましたが、それはもうきれいで、ほれぼれするほどでした。これから、そこへいってみますか。」

「いや、いい。弘福寺《こうふくじ》にもどる。」

といって、悟空《ごくう》は歩きだし、そのまましばらくだまって道をすすんだ。

やがて、啓夏門《けいかもん》が見えると、悟空《ごくう》はいった。

「黄勇《こうゆう》。てまをかけたな。きょうはもういい。だが、ひとつおまえにたのみがある。」

「なんでしょう。わたしにできることなら、なんでもいたします。斉天大聖様《せいてんたいせいさま》のおてつだいなど、めったにできるものではありませんから。」

どことなくうれしそうな黄勇《こうゆう》に、悟空《ごくう》はまず、

「おまえ、あしたも啓夏門《けいかもん》の門番仕事があるのか。」

とたずね、黄勇《こうゆう》が、

「はい。」

と答えると、

「あしたの朝、旅人がひとり、都にやってくる。若《わか》い男だ。その男が啓夏門《けいかもん》にきたら、通行手形はあるのかとか、どれくらい長安にいるのかとか、しのごのきかずに、とおしてやってくれ。身元はだいじょうぶだ。おれが保証《ほしょう》する。」

といった。

「わかりました。それで、その若《わか》い旅人の名はなんというのでしょう。」

「名まえか?」

「はい。ここ長安では、どこの門でも、たとえ町の者であっても、出入りのときには名をきくことになっております。あれこれ問わずにとおすとしても、名くらいきかな

いと、かっこうがつきませんので。」

「そうか。そういうことなら……。」

といってから、ひとつ息をつき、答えた。

「高才《こうさい》だ。名は高才《こうさい》だ。高い低いの高《こう》に、書の才があるというときの才だ。」

「わかりました。」

とうなずいた黄勇《こうゆう》に、悟空《ごくう》はいった。

「ところで、長安でいちばんいい宿はどこだ。」

「東市《とういち》の長春楼《ちょうしゅんろう》でしょう。」

「東市《とういち》の長春楼《ちょうしゅんろう》だな。」

「さようでございます。その、高才《こうさい》様がお泊《とま》りになるなら、あす、ご案内いたしますが。」

「それにはおよばない。高才《こうさい》が啓夏門《けいかもん》にきたら、だまってとおしてやるだけでいい。それ以上のことはするな。」

といってから、悟空《ごくう》が、

「じゃあな。」

と黄勇《こうゆう》にわかれをつげると、黄勇《こうゆう》は兵士姿《すがた》の悟空《ごくう》の袖《そで》をつかんで、引きとめた。

「斉天大聖様《せいてんたいせいさま》。また、お目にかかることができるでしょうか。もちろん、かどわかしのことが解決《かいけつ》したあとでよろしいのですが、一度、棒術《ぼうじゅつ》の稽古《けいこ》をつけていただきたいのです。わたしは剣《けん》よりも棒《ぼう》がとくいで、じぶんでもうすのもなんでございますが、この長安では、腕《うで》はいちばんだと思います。もちろん、斉天大聖様《せいてんたいせいさま》の如意棒《にょいぼう》には遠く、はるかにおよびませんが……。」

「わかった。つぎに会うときは無理でも、いずれ、稽古《けいこ》をつけてやる。」

といいのこし、悟空《ごくう》は弘福寺《こうふくじ》にむかった。

弘福寺《こうふくじ》の門の近くまでくると、門の下に辯機《べんき》が立っているのが見えた。悟空《ごくう》は体をひとゆすりして、もとの姿《すがた》にもどり、辯機《べんき》に声をかけた。

「おおい、辯機《べんき》。悟浄《ごじょう》は?」

辯機《べんき》がかけよってきて、いった。

「お待ちしておりました。兄弟子様《あにでしさま》はお師匠様《ししょうさま》のおてつだいをされております。」

「そうか。それじゃあ、悟浄《ごじょう》につたえてくれ。お師匠様《ししょうさま》もおいそがしそうだし、きょうのところは帰るってな。」

「えっ？　お帰りになるのですか。」

目をまるくする辯機《べんき》に、悟空《ごくう》はいった。

「ああ。帰る。人さらいは妖怪《ようかい》のようだが、僧《そう》をねらわないなら、お師匠様《ししょうさま》はもとより、おまえやここのぼうずたちはだいじょうぶだ。それに、悟浄《ごじょう》だっているんだし、考えてみれば、わざわざおれがそいつを退治《たいじ》することもないからな。」

「だけど、なにも、今すぐにお帰りになることはないでしょう。兄弟子様《あにでしさま》をかえしてしまっては、あとでお師匠様《ししょうさま》にしかられます。」

「だから、おれがきたことをだまっていればいいのだ。またすぐくる。」

「またって、いつのことです。」

「いついつまでにくるとは約束できないが、十日くらいでもどってくる。」

そういうと、孫悟空《そんごくう》はとんぼ返りをうって、觔斗雲《きんとうん》を起こした。そして、

「わかりました。」

と辯機《べんき》がいいおわらないうちに、觔斗雲《きんとうん》に乗っていた。

悟空《ごくう》は弘福寺《こうふくじ》の上空にまいあがると、これ見よがしに、都の空をあっちに飛んだり、こっちにきたりしてから、花果山《かかざん》に帰っていったのだった。

五

長安見物

八戒様《はっかいさま》、いや、浄壇使者様《じょうだんししゃさま》はいなかの人々に、御仏《みほとけ》の道を説いておられるのです。

夜が明けると同時に啓夏門《けいかもん》が開く。

きのうの夕刻《ゆうこく》、門が閉《し》まるまえに、長安にたどりつけなかった旅人たちや、長安の市《いち》に野菜などを持っていくために、まだまっ暗なうちに近くの村を出てきた百姓《ひゃくしょう》たちが啓夏門《けいかもん》のまえにいる。ざっと見たところ、百人くらいはいそうだ。その百人が何列かにわかれて、ならんでいる。

悟空《ごくう》はまん中あたりの列についた。もちろん、人間の姿《すがた》になっている。それも、とびきりの美男にばけてきた。旅人らしく、小さな行李《こうり》を背負《せお》っている。

となりの列にならんでいる百姓女《ひゃくしょうおんな》たちが悟空《ごくう》を見て、

「ほら、あそこ。見てごらんよ。きれいな男がいるよ。」

とか、

「着ているものも、感じがいいじゃないか。」

などと、ささやきあっている。

やがて、門が開き、行列が中にすいこまれていく。

悟空《ごくう》の番がきたとき、若《わか》い番兵が悟空《ごくう》の顔を見て、

「名は?」

ときいてきた。

十歩ばかりはなれたところに、黄勇《こうゆう》の姿《すがた》があった。荷車を押《お》している百姓《ひゃくしょう》に、

「どうだ、赤《あか》ん坊《ぼう》は元気か。」

などと声をかけている。

悟空《ごくう》は黄勇《こうゆう》に聞こえるように、

「高才《こうさい》ともうします。」

と答えた。

黄勇《こうゆう》がこちらを見て、走ってきた。そして、悟空《ごくう》に名をきいた若《わか》い番兵に、

「そいつはとおしてやれ!」

といい、ちらりと悟空《ごくう》の顔を見てから、百姓《ひゃくしょう》の荷車にもどっていった。

「よし、いっていい。」

若《わか》い番兵は悟空《ごくう》にそういい、悟空《ごくう》のうしろにいた男にむかって、

「次！」

と声をかけた。

啓夏門《けいかもん》から長安の都に入ると、悟空《ごくう》はそのまま道を北にすすみ、とちゅうで一度右にまがった。

長安には大きな市《いち》がふたつある。東市《とういち》と西市《さいいち》だ。帝《みかど》のいる宮城《きゅうじょう》と人々が住む区域《くいき》をわける大通りを東にいけば東市《とういち》に出る。西市《さいいち》にいくなら、西にいけばいい。

あれこれ見物しているふりをしながら、なるべくゆっくり歩いたものだから、悟空《ごくう》が東市《とういち》についたときには、日はだいぶ高くなり、市《いち》は朝の商売でにぎわいはじめていた。

市《いち》の南東のはずれに、長春楼《ちょうしゅんろう》はあった。黄勇《こうゆう》がいっていたとおり、なかなか上等な宿屋らしい。門の横に、馬が何頭もつながれている。身なりのいい何人もの男たちが旅じたくで出てきた。

門をくぐると、中庭があり、小道の左右に松が植えられている。その小道を歩いて

いくと、宿屋というよりは、屋敷《やしき》といったほうがいいような建物の玄関《げんかん》に出た。見あげると、建物は三階建てだった。

そこにいた宿の者らしい男に、悟空《ごくう》は声をかけた。

「何日か泊《と》まりたいのだが。」

男は頭のてっぺんからつまさきまで、品さだめするような目で悟空《ごくう》を見た。

もちろん、悟空《ごくう》はだれがどう見ても、金持ちに見えるようなかっこうにばけている。

男はいちど身をかがめ、それから体を起こして、いった。

「わかりました、旦那様《だんなさま》。どのようなお部屋《へや》がよろしいでしょうか。」

悟空《ごくう》は男に近より、ふところから銭《ぜに》を何枚《まい》か出すと、それを男の手ににぎらせて、いった。

「あとで酒でも飲め。宿代は高くてもかまわんから、景色《けしき》のいい部屋《へや》がいい。」

銭《ぜに》は本物だった。悟空《ごくう》はふだん、金など持ちあるかない。だが、人間のふりをして、しばらく長安にいるためには、どうしても金がいる。そんな金は悟浄《ごじょう》にいえば工面してくれるだろうが、いちいちわけを話すのもめんどうだった。それで、悟空《ごくう》は一度花果山《かざん》にもどったのだ。人間が使うものなら、金だろうが武器《ぶき》だろうが、器《うつわ》だろうが、水簾洞《すいれんどう》にはなんでもある。

「これはどうも。」

といって、男は銭《ぜに》をふところにしまい、

「そのようなことでございましたら、どうぞ、こちらへ……。」

といって、悟空《ごくう》を建物の中に案内した。

悟空《ごくう》がとおされた部屋《へや》は三階の南にむいた部屋《へや》だった。

部屋《へや》には寝台《しんだい》のほか、まるい机《つくえ》がひとつ、書き物用の小さな机《つくえ》がひとつ、いすが四つあり、ひとりで泊《と》まるには広すぎるほどだった。窓辺《まどべ》に張《は》りだしがあり、そこにも小さな机《つくえ》といすがあった。客が長安のながめを見ながら、酒でも飲むのだろう。部屋《へや》は南むきだから、帝《みかど》のいる宮城《きゅうじょう》は見えない。

しばらくそこから都の景色《けしき》をながめたあと、悟空《ごくう》は荷物を部屋《へや》にのこし、長春楼《ちょうしゅんろう》を出た。そして、一日中、長安の町を歩き、日が暮《く》れてから長春楼《ちょうしゅんろう》にもどってきて、一階の食堂で食事をした。

次の日も同じように、悟空《ごくう》は朝、長春楼《ちょうしゅんろう》を出て、町を見物し、夜になってからもどってきた。

三日目の朝には、弘福寺《こうふくじ》にいってみた。寺の近くまでくると、人だかりがしていたので、なにごとかと思っていると、四人でかつぐ輿《こし》に乗った僧《そう》が門から出てきた。輿《こし》の前後には、きらびやかに着かざった衛兵《えいへい》たちがならび、警護《けいご》をしている。はなれていても、僧《そう》がだれだかはすぐにわかった。玄奘三蔵《げんじょうさんぞう》だ。もものしく黄金の袈裟《けさ》を身につけている。輿《こし》のすぐ前には紫色《むらさきいろ》の袈裟《けさ》をつけた悟浄《ごじょう》がいる。いったい行列でどこにいくのだろうと、悟空《ごくう》は近くにいた男にきいてみた。

「あれは玄奘三蔵様《げんじょうさんぞうさま》でしょう。いったい、どこにいかれるのですか。」

男は悟空《ごくう》を見て、金持ちの旅人だと思ったらしく、ていねいな言葉で答えた。

「きょうは三蔵様《さんぞうさま》は帝《みかど》にお目にかかり、仏法《ぶっぽう》を説かれにいかれる日なのです。よく三《さん》蔵様《ぞうさま》を見たほうがいいですよ。なにしろ、三蔵様《さんぞうさま》は来世《らいせ》で栴檀功徳仏様《せんだんくどくぶつさま》になるって、今からもうきまっているのです。天竺《てんじく》にごじぶんの席をお持ちなんですよ。天竺《てんじく》に席をお持ちということは、生《い》き仏様《ほとけさま》ということです。お姿《すがた》を見ただけで、たちまち福がまいこみます。」

「輿《こし》のまえを歩いている背《せ》のちょっと高いお坊《ぼう》さんはどなたでしょう?」

「あのおかたは、玄奘三蔵様《げんじょうさんぞうさま》の三番弟子《でし》様の沙悟浄様《さごじょうさま》ですよ。沙悟浄様《さごじょうさま》も、天竺《てんじく》に席

をお持ちなのです。来世《らいせ》では、金身羅漢様《こんしんらかんさま》におなりになることがきまっておられるのです。」

男はそういってから、

「あ、それから、ここからだと見えにくいですが、沙悟浄様《さごじょうさま》のうしろにおられるのは四番弟子《でし》の辯機様《べんきさま》です。」

といいたした。

「へえ、じゃあ、その辯機様《べんきさま》っていう人も、来世《らいせ》じゃ、なにかになるって、もうきまっているんですか？」

悟空《ごくう》がそうきくと、男は答えた。

「いや、辯機様《べんきさま》はちがいます。天竺《てんじく》に席があるのは、玄奘三蔵様《げんじょうさんぞうさま》と沙悟浄様《さごじょうさま》と、あとふたり、ここにはいらっしゃらないお弟子様《でしさま》だけです。玄奘三蔵様《げんじょうさんぞうさま》について天竺《てんじく》にいかなければ、来世名《らいせめい》はいただけませんよ。」

悟空《ごくう》は、あとふたりの弟子《でし》についていてみようかと思ったが、

「ああ、あとのおふたりですか。それは孫悟空様《そんごくうさま》という乱暴者《らんぼうもの》の猿《さる》と、猪八戒《ちょはっかい》という大飯ぐらいの猪《いのしし》の化け物なのです。」

などといわれたら、八戒《はっかい》のことはいいにしても、腹《はら》が立つ。しかも、それがていねいな言葉使いだったら、よけいに腹《はら》が立つだろう。だから、悟空《ごくう》はきくのをやめておいた。それで、だまって行列をながめていると、男が突然《とつぜん》、

「斉天大聖様《せいてんたいせいさま》……。」

といった。

なんでこんな男に正体がばれたのか、わけがわからず、男の顔を見ると、男はつづけていった。

「というのでございますよ、一番弟子様《でし》はね。来世名《らいせめい》は闘戦勝仏様《とうせんしょうぶつさま》でございます。このおかたがいらっしゃらなかったら、玄奘三蔵様《げんじょうさんぞうさま》は天竺《てんじく》にたどりつけなかっただろうっていわれております。見かけは猿《さる》ですが、学問もあれば、腕《うで》もたち、雲にだって乗れるのです。それから、二番弟子《でし》は猪八戒様《ちょはっかいさま》といって、浄壇使者様《じょうだんししゃさま》という来世名《らいせめい》をお持ちです。このおかたは、腕《うで》っぷしは斉天大聖様《せいてんたいせいさま》ほどではありませんが、やはり学問がありましてね。お経《きょう》にもすごくわしいのです。今はいなかでお暮《く》らしですがね。」

「へえ、じゃあ、その猪八戒様《ちょはっかいさま》というかたはいなかでなにをしてらっしゃるんですか。」

と悟空《ごくう》がきくと、男はあたりまえのように、

「八戒様《はっかいさま》、いや、浄壇使者様《じょうだんししゃさま》はいなかの人々に、御仏《みほとけ》の道を説いておられるのです。」

といいきった。

「へえ、御仏《みほとけ》の道ねえ……。」

あきれかえりながらも、いかにも感心したようすで悟空《ごくう》がそういったとき、三蔵《さんぞう》の輿《こし》がとおりすぎ、かどをまがっていった。

男がそちらにむかって、合掌《がっしょう》し、ぶつぶつと経《きょう》をとなえた。

三日目も悟空《ごくう》は長安をあちこち見物して、というよりは見物をしているふりをして、日暮《ひぐ》れすぎまで歩いた。

悟空《ごくう》はもちろんひとりで歩いた。にぎやかな道だけではなく、人どおりの少ないさびしい道も歩いた。

三日間、悟空《ごくう》はひるどきに飯屋に入り、人々の話に聞き耳を立てた。それで、悟空《ごくう》が長安にもどってきてからも、毎日、男が消えていることがわかった。

四日目は夕暮《ゆうぐ》れ近くまで芙蓉池《ふようぃけ》のまわりをぶらぶらし、日が沈《しず》みかかったころ、町にもどった。

六

山中の梅

さあ、ごらん。わたしを見るのです。

長春楼《ちょうしゅんろう》にもどろうと、孫悟空《そんごくう》は城壁《じょうへき》にそったさびしい道を歩いている。

何日も朝から晩《ばん》までこうしてぶらぶら歩いているのだ。妖怪《ようかい》はもう、どこかでこちらを見ているはずなのだ。それなのに、なにもしかけてこないのは、ひょっとして、こちらの正体が見やぶられているのだろうか。これはちがう手を考えないといけないかもしれない……。

歩きながら、悟空《ごくう》がそんなふうに思っていると、ふと、梅の強いかおりが鼻をついた。

もちろん悟空《ごくう》は人間より鼻がきく。いや、人間でも、そのかおりの強さで、それがどこからただよってくるかわかっただろう。

城壁《じょうへき》ぞいの道から左に入る細い道があり、梅のかおりはそちらからただよってきている。

悟空《ごくう》はそちらに目をやった。

日暮《ひぐ》れすぎのうす暗がりの中に、赤いものがぼうっと浮《う》かびあがっているように見えた。

最初それは梅の木に見えた。紅梅《こうばい》だ。だが、細い道のまん中に、梅の木が植えられているわけがない。

そう思って、よく見れば、幹《みき》に見えたものは人の体で、枝《えだ》は腕《うで》だった。若《わか》い女が紅《こう》梅《ばい》の刺繍《ししゅう》がほどこされた着物を着て立っているのだ。袖《そで》も裾《すそ》も長く、まるで天女の衣《ころも》のようだ。手に持っている棒《ぼう》のようなものはたたまれた扇《おうぎ》だろう。

強い梅の花のかおりにまざり、女の体から、なにかほかのものが立ちのぼっているのがわかった。それは、ふつうの人間には感じとれないものだ。妖気《ようき》だ！

とうとうあらわれたか……。

女がこちらにむかって歩きだした。

女が扇《おうぎ》を高くあげ、頭の上で円を描《えが》いた。

梅のかおりが強くなった。それはかおりというより、強烈《きょうれつ》なにおいになった。

悟空《ごくう》は耳から如意金箍棒《にょいきんこぼう》を出そうと、右の腕《うで》をそっとあげようとした……。

だが、その腕《うで》がまるで動かない。

なぜだ？……と、その腕《うで》に目をやろうとしたが、今度は首がまわらない。

しまった、こいつ定身の法を使うのか！

定身の法とは金縛《かなしば》りの術《じゅつ》で、天竺《てんじく》への旅では、悟空《ごくう》もよく使った。手で印《いん》をむすび、呪文《じゅもん》をとなえて、あいてに術《じゅつ》をかけるのだ。術《じゅつ》をかけられた者は体が動かなくなる。

だが、女が手で印《いん》をむすんだり、呪文《じゅもん》をとなえたようすはなかった。

だとすると、これは定身の法ではない。

そうか、梅の花の強いかおりだ！　人間の体をしびれさせて、動かなくさせる毒のようなものがかおりに入っているにちがいない。

だが、それがわかったからといって、体が動くようになるわけではなかった。

女が扇《おうぎ》をおろし、一歩、また一歩とこちらに近づいてくる。

あと十歩というところまでくると、女が立ちどまった。そして、右手に持った扇《おうぎ》を左手でさっと開き、高々と上にあげた。

梅のかおりがいっそう強くなった。

ふりあげた扇《おうぎ》で、女は空中に円を描《えが》いた。すると、次の瞬間《しゅんかん》、扇《おうぎ》のさきから、赤いものがあふれ出てきた。それは、梅の花びらだった。おびただしい数の花びらが扇《おうぎ》からあふれだし、女のまわりで渦《うず》をまいた。渦《うず》はしだいに大きくなり、ついには悟空《ごくう》の体をつつみこんだ。

あいかわらず、悟空《ごくう》は体が動かない。

花びらの渦《うず》がすっかり悟空《ごくう》をつつみこんだとき、悟空《ごくう》の足が地面からはなれた。そして、そのまま悟空《ごくう》の体は宙《ちゅう》に浮《う》き、ずんずんと空にあがっていった。

悟空《ごくう》のあとから、女も空にあがってきた。ひざから下あたりが、赤い雲のようなものにつつまれている。それは雲ではない。無数の梅の花びらだ。無数の花びらの雲の上で、女は舞《ま》いはじめた。

花びらの渦《うず》にまかれた悟空《ごくう》の体は、ときにあおむけになり、ときにうつぶせになり、また、ときにさかさになる。

うつぶせになったとき、長安の明かりが動いているのが見えた。いや、町が動いているのではない。こちらが動いているのだ。女がどこかにむかって飛びはじめ、悟空《ごくう》をとりまいている渦《うず》が女を追っているのだ。

のぼったばかりの月の位置から見て、北にむかっているのがわかった。

それにしても、どこにつれていく気だろうか……。

動けない体で、悟空《ごくう》がそう思っていると、女がおりたったのは長安からさほど遠くはない山の上だった。さほど遠くはないといっても、人間の足で歩けば、三日はかかるだろう。

高い山にかこまれて、ひとつだけ、いくらか低い山がある。その山の上には、一本の巨大《きょだい》な紅梅樹《こうばいじゅ》、赤い梅の花の木があった。花は満開だった。それは、空の上からも見えていた。空の上からか、そうでなければ、まわりの高い山からでなければ、その梅の木は見えないだろう。

女がその梅の木の近くにおりると、つづいて悟空《ごくう》をとりまいている渦《うず》もそこにおりた。

女が扇《おうぎ》を閉《と》じた。

女をはこんできた花びらの雲と、悟空《ごくう》をとりまいていた渦《うず》がすうっと消えていった。

地面におりたひょうしに、悟空《ごくう》の体が丸太んぼうのように、ごろごろところがり、なにかにぶつかってとまった。

どうやら、いすの脚《あし》のようなものらしい。横むきになった悟空《ごくう》の目に入ったのは、たしかにいすの脚《あし》だったが、それだけではなかった。そのいすにすわっている人間の足も見えた。

だが、なにしろ悟空《ごくう》は体が動かないので、その足のひざくらいまでしか見えない。

「お立ち！」

女の声がした。そのとたん、すわっている男を見あげようとしていた悟空《ごくう》の首が動いた。

やはり、男が身動きひとつせず、巨大《きょだい》な梅の木のほうをむいて、いすにすわっている。

首が動くということは、体も動くということだ。

悟空《ごくう》はためしに立ちあがろうとすると、うまくそれができた。

梅の木のまえに女が立っている。そして、梅の幹《みき》をかこんで、四方八方にひろがる枝《えだ》の下に、たくさんのいすがあり、そこに男たちがすわっている。みな、梅の木を見ている。まだ、あいているいすがいくつかある。

女がそのうちのひとつを指さして、いった。

「そこにすわれ！」

耳から如意棒《にょいぼう》を出し、女をぶちのめすなら今だった。だが、悟空《ごくう》はそうはせず、だまって、いすまで歩いていき、そこにすわった。

長安の城壁《じょうへき》近くで、梅のかおりがしはじめたとき、悟空《ごくう》はまだ体が動いた。だから、今度、梅のかおりがただよいだしたとき、体が動かなくなるまえに、如意金箍棒《にょいきんこぼう》でやっつければいい、と、悟空《ごくう》はそう考えたのだ。

今はまだ、人間のふりをして、ようすを見ているときだ。身動きできない男たちをもとにもどすことができるのは、この女だけかもしれない。如意金箍棒《にょいきんこぼう》のひとふりで女を殺して、男たちがもとにもどらないでは、話にならない。

悟空《ごくう》がいすに腰《こし》かけると、女が右手に持った扇《おうぎ》で左手のてのひらを軽くうった。

悟空《ごくう》の近くにいる男が動いた。つづいて、あちらこちらで、男たちが動きはじめた。その中に、騎兵《きへい》の服を着た男もいた。張敏《ちょうびん》だろう。そのほか、役人の服を着た男もいれば、商人風の男、それから職人《しょくにん》風の男もいる。ぜんぶで二十人をこえているだろう。みな、生きている。

あたりには、梅の花のかおりがただよっていたが、それは、さっきのような強烈《きょうれつ》なかおりではなく、ごく自然な梅の花のにおいだった。

「さあ、ごらん。わたしを見るのです。」

女はそういうと、扇《おうぎ》をひろげ、舞《ま》いはじめた。

それに合わせて、楽《がく》の音も聞こえてきた。どうやらそれは、巨大《きょだい》な梅の木から聞こえているようだった。それに気づいて、枝《えだ》を見あげると、箏《そう》や琴《こと》や、二胡《にこ》や三弦《さんげん》、そして、琵琶《びわ》などの弦楽器《げんがっき》が枝《えだ》にからみつき、それを小枝《こえだ》がかなでているのだ。

女の舞《ま》いはすばらしかった。天女でも、なかなかこのようには舞《ま》えまいというほどだった。かなでられている音楽もすばらしかった。

音のつながりが、高くなり、低くなるにつれ、女も高く跳《と》び、低く舞《ま》った。

男たちはうっとりとした顔で、舞《ま》いをながめ、聞き耳を立てている。

ときどき、男たちの中から、ため息がもれる。それだけで、だれも話す者はいない。

そのうちに、月が中天にさしかかってきた。

女が舞《ま》いをやめた。

楽の音もやんだ。

さっき悟空《ごくう》が動けなくなる直前にしたように、女が扇《おうぎ》を高くあげ、頭の上で円を描《えが》いた。

悟空《ごくう》は耳に手をやろうとして、思いとどまった。

今なら、女をたおして、男たちも動けるままで助けだすことができる。しかし、うまく女を生けどりにできればいいが、万一、ちょっとなぐりつけたり、如意金箍棒《にょいきんこぼう》でこづいたくらいで死んでしまっては、女の正体はわからずじまいになってしまう。

それよりなにより、たとえ妖怪《ようかい》であるにしても、その舞《ま》いはあまりに美しい。殺してしまうのは、いかにも惜《お》しい。

悟空《ごくう》はそう思ったのだ。

あの強烈《きょうれつ》なにおいをかぎさえしなければ、体は動かなくならないはずだ。それなら……。

悟空《ごくう》は息をとめた。

まわりの男たちが次々に動かなくなっていく。

ころあいを見はからって、悟空《ごくう》はいくらか手をあげたかっこうで、体をとめた。動けなくなったふりをしたのだ。

そこにいた男たちがみな、身動きひとつしなくなったところで、女は扇《おうぎ》をおろした。

そして、梅の木にむかい、ゆっくりと歩きだした。

女が梅の木にぶつかった瞬間《しゅんかん》、木にすいこまれるようにして、女の姿《すがた》が消えた。

枝《えだ》がからみついていた楽器も、ひとつまたひとつと、木にすいこまれていく。

女がいなくなれば、体を動かなくさせるにおいもなくなるはずだ。もし、女がいなくなっても、においがのこるのであれば、長安で男たちがつれさられたあと、のこったにおいで、体が動かなくなった者がいたはずだ。

だが、念のため、悟空《ごくう》は息をとめつづけ、しばらく待った。やがて、月が中天から西にかたむきはじめたときになって、ようやく悟空《ごくう》は少し息をすった。

ふつうの梅のかおりがただよっているだけで、あの強烈《きょうれつ》なにおいはしなかった。上にあげかけていた手をおろしてみると、おりた。立とうとすると、ふつうに立てた。

となりのいすにすわっている男を指でつついてみたが、石のように動かない。

ためしに、定身《ていしん》の法をとく術《じゅつ》をほどこしてみたが、むだだった。

やはり、あの女でないと、法はとけないのだろう。

悟空《ごくう》はゆっくりと、巨大《きょだい》な梅の木のまわりをまわってみた。

ぐねぐねと上に下に、右に左にのびる太い枝《えだ》から、細い枝《えだ》がわかれ、その枝《えだ》から、もっと細い枝《えだ》が上にむかってのびている。

まったくもってみごとな梅だった。

悟空《ごくう》は幹《みき》を指でおしてみた。古い木だったが、樹皮《じゅひ》がはがれるようなことはなかった。それから、悟空《ごくう》は梅の木のまわりをひとまわりして、いすにすわっている男たちの数を数え、ひとりひとりの顔つきを頭にきざみつけた。そして、

「今夜はこれで、ひとまず引きあげるか。あしたの晩《ばん》、またこよう。」

とつぶやいたが、それはひとりごとというよりは、ひょっとして、梅の木の中からこちらをうかがっているかもしれない妖怪《ようかい》に聞かせるためだった。

悟空《ごくう》は体をひとゆすりして、もとの姿《すがた》にもどった。それから、とんぼ返りをうち、觔斗雲《きんとうん》を起こして、跳《と》びのった。そして、空高くあがると、長安めざして、月夜の空を飛んでいった。

つまり、男だろうが女だろうが、人間はそのようにできているのではないでしょうか。だからこそ、修行《しゅぎょう》が必要なのです。

七

師弟問答《していもんどう》

孫悟空《そんごくう》は長安にもどってくると、弘福寺《こうふくじ》の塔《とう》のあかりのともっている三層《そう》の窓《まど》のそばで、觔斗雲《きんとうん》をとめた。中をのぞくと玄奘三蔵《げんじょうさんぞう》がまん中で、こちらに背《せ》をむけ、経机《きょうづくえ》にむかってすわっている。沙悟浄《さごじょう》と辯機《べんき》の姿《すがた》は見えない。

悟空《ごくう》は觔斗雲《きんとうん》から跳《と》びおり、窓《まど》から入ると、すとんと床《ゆか》におりた。その音で、三蔵《さんぞう》がふりむいた。

「悟空《ごくう》ではないですか！」

驚《おどろ》いたような顔がすぐにぱっとほころび、三蔵《さんぞう》が立ちあがった。

「悟空《ごくう》。おまえ、半年もこないで、なにをしていたのです。」

そういったところをみると、悟浄《ごじょう》も辯機《べんき》も、数日まえに長安にきたことを三蔵《さんぞう》にしゃべっていないようだ。

「いえね、お師匠様《ししょうさま》。おたずねしたいことがあって、やってきたんです。ちょっといいですか。」

悟空《ごくう》がそういうと、三蔵《さんぞう》は、

「ちょっとでも、うんとでも、かまいません。今、辯機《べんき》に茶を持ってこさせましょう。あっ、それより、悟空《ごくう》。おなかはへっていませんか。なにか食べものを持ってこさせましょうか。」

といって、階段《かいだん》のほうをむき、辯機《べんき》を呼《よ》ぶそぶりを見せたので、悟空《ごくう》はそれを引きとめた。

「茶はいりません。腹《はら》もへってません。そんなことより、悟浄《ごじょう》や辯機《べんき》がいないほうがいいんです。わたしがお師匠様《ししょうさま》に、そんなことをききにきたのかと、あのふたりに思われるのも、ばつが悪いですからね。」

「ばつが悪い？　ばつが悪いなどということがおまえにもあるのですか。」

三蔵《さんぞう》はそういってから、

「まあ、いいでしょう。では、そこにすわりなさい。立っていては、話ができません。」

といって、経机《きょうづくえ》を背《せ》にして、腰《こし》をおろした。

悟空《ごくう》は三蔵《さんぞう》のまえに、あぐらをかいてすわった。そして、いった。

「じつはね、女のことなんですがね……。」

それを聞いて、三蔵《さんぞう》はじっと悟空《ごくう》を見て、それから、ぽつりとつぶやいた。

「女……?」

「そうです。」

悟空《ごくう》がうなずくと、三蔵《さんぞう》はいくらかたじろいだようにいった。

「女というと、男とか女とかの女のことですか。」

「そうでないことの女というのがありますか。そうです。女のことです、うかがいたいのは。」

三蔵《さんぞう》は悟空《ごくう》の顔から視線《しせん》をまず床《ゆか》におとし、それから、悟空《ごくう》の入ってきた窓《まど》の外を見た。そして、ふたたび悟空《ごくう》の顔をじっと見て、

「わかりました。それで、女というと……、人間の女ですか……。」

といったが、最後の、ですか、がかすれた。

「いえ、人間の女というわけでもないのです。」

「というと、猿《さる》の女ですか？」

今度は悟空《ごくう》が三蔵《さんぞう》の顔をじっと見かえした。

「お師匠様《ししょうさま》。人間の女でなければ、どうして、猿《さる》の女なのです。」

「だって、おまえ……。」

といって、言葉をつまらせた三蔵《さんぞう》に、悟空《ごくう》はいった。

「人間でないなら、天女かもしれないし、妖怪《ようかい》かもしれないではないですか。」

「なるほどそうですね。では、女というのは天女か、それともなければ、妖怪《ようかい》の女ですか。」

「お師匠様《ししょうさま》。人間の女か、天女か、妖怪《ようかい》の女か、あるいは、女の猿《さる》かによって、お師《し》匠様《しょうさま》のお答がちがってくるのですか。」

「ちがうこともあるだろうし、ちがわないこともあるでしょう。それで、女がどうしたのです。」

「天の玉帝《ぎょくてい》のところにいくと、きれいな天女がたくさんいるのです。いや、きれいじゃない天女はいないといったほうがいいでしょう。もともと天女ってやつらはみんなきれいなのかもしれませんが、あれはきっと、玉帝《ぎょくてい》のすけべ野郎《やろう》……じゃなかった、つまり、玉帝《ぎょくてい》がきれいな女をまわりにはべらせるのが好きだからだと思うんですよ。」

「天のことはよくわかりませんが、そうかもしれませんね。この国の帝《みかど》にも、そういうところがないでもありませんから。帝《みかど》は僧《そう》ではありませんから、それでもよいのでしょう。」

「僧《そう》だと、そういうのはだめですかね。」

「もちろんです。おまえもわたしの弟子《でし》なら、そういうことはしてはなりませんよ。」

三蔵《さんぞう》はそういってから、

「そういえば、おまえは八戒《はっかい》とちがって、そういうことには、あまり関心がありませんね。」

といいたした。

「べつに、わたしのことはいいのです。それに男のことじゃなくて、おたずねしたいのは女のことです。いったい、女もきれいな男をまわりにはべらせたいのでしょうかね。」

悟空《ごくう》の問いに、三蔵《さんぞう》はしばらく考えてから答えた。

「わたしは僧《そう》であり、まして、女の身でもないので、はっきりしたことはわかりませんが、たぶんそうでしょう。きっと、そういうことは自然の理《ことわり》なのでしょうね。」

「自然の理《ことわり》？」

「つまり、男だろうが女だろうが、人間はそのようにできているのではないでしょうか。だからこそ、修行《しゅぎょう》が必要なのです。」

「とおっしゃると、自然の理《ことわり》というのは都合が悪いから、修行《しゅぎょう》でその理《ことわり》をねじまげるってことですか。」

「そのいいかたには、少し問題がありますが、そうともいえますね。自然の理《ことわり》どおりに生きていると、煩悩《ぼんのう》が煩悩《ぼんのう》を呼《よ》ぶようになるのです。まさに、涅槃《ねはん》の鹿《しか》は呼《よ》べどもきたらず、煩悩《ぼんのう》の犬は追えども去らず、ということになってくるのです。」

「そうですか。」

「そうです。」

「それは不幸なことでしょうか。」

「不幸なことです。」

「でも、わたしには、八戒《はっかい》は不幸には見えませんがね。あいつなんか、九歯《きゅうし》の鈀《は》で涅《ね》槃《はん》の鹿《しか》を追いはらいながら、煩悩《ぼんのう》の犬を大声で呼《よ》びこんでいるみたいに見えますよ。」

悟空《ごくう》がそういうと、三蔵《さんぞう》はくすりと笑ってから、

「八戒《はっかい》は……。」

といい、大きく息をすった。そして、

「八戒《はっかい》はあれでいいのです。」

といいきった。

「つまり、お師匠様《ししょうさま》。人によっては、まあ、八戒《はっかい》は人ではありませんが、人によっては、それでいいということもあるわけですね。」

「まあ、そういうことになりますね。それが不幸でない者もいるのです。」

「不幸でない者のほうが多かったりして……。」

「そうかもしれませんね。」

三蔵《さんぞう》はそこまでいうと、しばらくだまっていたが、やがて、

「悟空《ごくう》。おまえ、のどがかわきませんか。やはり、辯機《べんき》に茶を持ってこさせましょう。」

といった。

悟空《ごくう》は立ちあがって、いった。

「いえ、今夜はけっこうです。あしたの夜か、おそくても、あさっての朝にまたきます。そうしたら、茶をごちそうになりますよ。」

「もう話はいいのですか。」

「はい。お師匠様《ししょうさま》と話しているうちに、だんだんわかってきました。今夜はこれで失礼します。」

悟空《ごくう》はそういって、窓辺《まどべ》まで歩いていき、窓《まど》のさんに手をかけたところで、ふりむいた。

「お師匠様《ししょうさま》。観音《かんのん》の野《や》……、じゃなかった、観音菩薩様《かんのんぼさつさま》がね、まえに、わたしにいったことがあるんですよ。『菩薩《ぼさつ》も妖怪《ようかい》もどのみち一念。』ってね。天の玉帝《ぎょくてい》も妖怪《ようかい》も、やはり、どのみち一念ってことでしょうね。」

「おまえ、また、観音菩薩様《かんのんぼさつさま》のことをそのように……。」

と三蔵《さんぞう》がいったところで、悟空《ごくう》は窓《まど》から外に跳《と》びだし、空中でとんぼ返りをうった。たちまち觔斗雲《きんとうん》が起こり、悟空《ごくう》はそれに乗って、長春楼《ちょうしゅんろう》にもどっていった。

八

約束

それじゃあ、まるで気持ちよくないぜ。もっと力を入れて、もんでくれ。

朝早く、孫悟空《そんごくう》は宿代をはらい、長春楼《ちょうしゅんろう》を出た。そして、すぐに体をひとゆすりして、もとの姿《すがた》にもどると、觔斗雲《きんとうん》に乗って、紅梅樹《こうばいじゅ》のある山の上空にやってきた。

朝日がのぼったばかりで、東の空が金色にかがやいている。

空の上からだと、四方八方にひろがる枝《えだ》のせいで、梅の木のまわりのいすにすわっている男たちの姿《すがた》は見えない。下におりていき、觔斗雲《きんとうん》に乗ったまま、梅の木のまわりをぐるりとまわってみると、男たちはきのうの夜とおなじかっこうで、いすにすわっていた。

ときどきウグイスが鳴くほか、あたりは静まりかえっており、梅の花のふつうのかおりにまざって、いくらか妖気《ようき》がただよっている。

人の背丈《せたけ》ほどの高さで、觔斗雲《きんとうん》をとめると、悟空《ごくう》はふところから饅頭《まんじゅう》を出して、それをほおばった。饅頭《まんじゅう》は、長春楼《ちょうしゅんろう》を出るとき、宿の男が弁当《べんとう》にといって、くれたものだ。さすがに、長安でいちばん上等な宿の饅頭《まんじゅう》だけあって、うまい。

饅頭《まんじゅう》を食べてしまうと、もうやることがない。あとは、あの女が梅の木から出てくるのを待つだけだ。

女が美しい男をとらえるのはいつも夕刻《ゆうこく》だ。だからといって、長安に出むくのが夕《ゆう》刻《こく》とはかぎらない。もっと早い時刻《じこく》にいき、きれいな男をさがし、その男がひとりになったところをねらうのだろう。

悟空《ごくう》はそう思って、女が出かけるまえをねらい、朝早く出てきたのだ。

やがて、太陽が中天にさしかかり、それが西にかたむきはじめた。だが、女は出てこなかった。

夕刻《ゆうこく》近くになっても、女は出てこない。

ということは、女は梅の木の中から、こちらを見ているということだ。女はきのうの夜につれてきた男がふつうの人間ではないことに気づいているはずだ。ふつうの人間なら、そんなに長く息をとめてはいられないし、あの強烈《きょうれつ》なにおいをかいで、女の

る。術《じゅつ》にはまってしまう。なにより、悟空《ごくう》は木のまえで、人間からもとの姿《すがた》にもどってい

「しかたがない。出てくる気がないなら、出てこさせるしかない。」

悟空《ごくう》は木に聞こえるように、そういうと、耳から如意金箍棒《にょいきんこぼう》を出し、ひとふりして、いつもの棒《ぼう》の長さにした。そして、それを梅の木の根本にぐいとつきさすと、両手で上からおした。

もちろん、そんなことをしても、ふつうの人間の力では、巨大《きょだい》な梅の木はびくともしない。だが、悟空《ごくう》はふつうの人間どころか、そもそも人間ではないのだ。

バリッ……。

太い根がもちあがる。

悟空《ごくう》はいったん手をとめ、

「さあ、どうする。」

といって、しばらく待った。

木の中から、女が出てくるようすはない。

悟空《ごくう》は如意金箍棒《にょいきんこぼう》をもう少し奥《おく》につっこみ、今度は上に持ちあげた。

バリリ……。

根が持ちあがっただけではなく、ほんの少しだが、幹《みき》がかたむいた。

だが、やはり女は出てこない。

悟空《ごくう》は、如意金箍棒《にょいきんこぼう》を上下にぐりぐりとはげしく動かしはじめた。

ワサワサと音をたてて、枝《えだ》がゆれ、花びらがふってくる。

さらに、悟空《ごくう》が力を入れようとしたときだった。ゆれている何本もの枝《えだ》が悟空《ごくう》のほうにするするとのびてきた。そして、一本また一本と、悟空《ごくう》の手足、そして首にからみついてきたではないか。からみつくだけではない。ぎりぎりとしめあげてくる。

これもまた、ふつうの人間なら、痛《いた》みにたえられず、悲鳴をあげるところだろうが、悟空《ごくう》にはきかない。

「それじゃあ、まるで気持ちよくないぜ。もっと力を入れて、もんでくれ。」

などといって、平気な顔をしている。

だが、梅の木はそれで引きさがりはしなかった。次々に枝《えだ》をのばしてくると、それを悟空《ごくう》にからみつけた。枝《えだ》の上から枝《えだ》をからませ、その上にまた、あらたな枝《えだ》をからみつかせてくる。そのうちに、悟空《ごくう》は枝《えだ》で作ったまりのようになった。

何重にもからんだ枝《えだ》のせいで、外も見えない。

そこまで待って、悟空《ごくう》は左右の手足をいっきに大の字にのばした。

悟空《ごくう》にからみついた枝《えだ》が高くはじけとび、悟空《ごくう》のまわりにバラバラと落ちてくる。

まだ体についている小さな枝《えだ》を手ではらいおとしながら、悟空《ごくう》は、

「むだなことはやめて、さっさと出てこい。さもないと、この木は根こそぎ、たおれることになる。」

といって、如意金箍棒《にょいきんこぼう》をぐいと押《お》した。

グワッと幹《みき》がかたむきかけたところで、女の声が聞こえた。

「待って！　待ってください。お待ちください。」

悟空《ごくう》は手から力をぬいた。

かたむきかけた幹《みき》がもとにもどる。

声のほうを見れば、悟空《ごくう》から十歩ほどはなれたところに、きのうの女が立っている。

あわれっぽい声で、女はいった。

「乱暴《らんぼう》はおやめください。」

「乱暴《らんぼう》はおやめくださいだと？　おまえこそ、けっこう乱暴《らんぼう》なことをしてきたじゃね

えか。いったい、おまえは何者なんだ。この梅の木の精《せい》か？」

悟空《ごくう》がそういうと、女は答えた。

「この梅の木はわたし自身で、わたしはこの梅の木です。」

「つまりは、梅の木の精《せい》ということだろうが。」

「そのように呼《よ》びたければ、そうお呼《よ》びください。」

「名はないのか。」

「名などございません。それで、あなたは？　あなたはどなたです。ただの猿《さる》ではありませんね。」

これには、悟空《ごくう》はおどろいた。

悟空《ごくう》を見て、

「ただの猿《さる》ではありませんね。」

といった妖怪《ようかい》は、おぼえているなかでは、はじめてだ。

「おまえ、おれのことを知らないのか。」

「ぞんじません。」

「おれは斉天大聖孫悟空《せいてんたいせいそんごくう》だ！」

悟空《ごくう》がそういいはなつと、女はおどろくようすもなく、

「ずいぶん長い名をお持ちなのですね。」

といった。

そのいいかたがふざけているようではないので、悟空《ごくう》は、こいつはほんとうにおれのことを知らないのだと思った。

「まあ、いいや。それで、おまえ、いつから、そうやって木の中から出てこられるようになったのだ。」

悟空《ごくう》がそういうと、女は答えた。

「去年の春からでございます。」

「去年の春からだって、じゃあ、まだ一年じゃねえか。」

「そういうことになります。去年の春、気がつくと、こうして、今のように外に出ていたのです。百年ほどまえから、外が見えるようになり、出たい出たいと思ってはおりましたが……。」

「なるほど、見たところ、この木はかなり古い。樹齢《じゅれい》三百年というところだろう。だが、おまえ、出てくるのはかってだが、長安の町の男たちをここにつれてきて、いっ

たいなにをさせていたのだ。」

「なにをといわれても……。」

とささやくような声でいうと、それきり女はだまってしまった。

「いわなけりゃ、いわないでいいぜ。そのかわり、この梅の木がここに立っているのも、きょうかぎりってことになる。おまえは世間に出てきてまだ一年で、おれのことを知らないのは無理もない。だが、天上天下《てんじょうてんげ》、このごろでは長安の人間ですら、おれを知っている。今見ても、わかっただろう。おれは、この木をたおすどころか、こなごなにして、もとは木だったか、石だったか、わからないくらいにしてやれるんだ。さあ、どうする。」

悟空《ごくう》がそういうと、ようやく、女は小声で話しだした。

「去年の春、いきなり外に出てこられたわたしは、今度は中に入れるだろうかと思い、ためしてみたところ、それもできました。それだけではなく、飛ぼうと思えば飛べるし、出たときから手にしていた扇《おうぎ》を使って、けものや鳥の動きをとめることも、もとにもどすこともできることがわかりました。昨夜、あなたにしたように、動かなくさせて、つれてくることさえできることがわかりました。そんなおり、山の中ばかりにいてはつまらないと思い、あちらこちらに飛んでいき、あれこれ見ているうちに、長安の芙蓉池《ふよういけ》で、たいしてりっぱでもなければ、美しくもないたくさんの梅の木に人々が集まって、きれいだの、美しいのと、ほめそやしているではありませんか。わたしは、くやしくてくやしくて、なりませんでした。」

女がそこまでいったとき、悟空《ごくう》は口をはさんだ。

「それで、おまえ。うらやましくなって、自分を見物させるために、男たちをここにつれてきたのか。」

「さようでございます。」

恥《は》ずかしそうにそういうと、女はうつむいた。

「今、ここにいる男たちは眠《ねむ》ったように動かないが、ひるまはいつもこうしているのか。」

悟空《ごくう》の問いに女は顔をあげて、答えた。

「さようでございます。ひるまはこのとおりでございます。夕刻《ゆうこく》から夜にかけて、目をさまさせ、梅の木とわたしの舞《ま》いを見せるのです。」

「男たちをはべらせ、うっとりさせて、それで、いい気持ちになるっていうわけか。」

悟空《ごくう》がそういうと、女はだまりこんだ。

悟空《ごくう》はいった。

「女はつれてこず、きれいな男ばかりさらってきたのは、あいてが女ではつまらないし、どうせ男なら、いい男のほうがいいってことか。」

やはり、女はだまったまま答えない。

「どうして、ひるまは眠《ねむ》らせておき、夕刻《ゆうこく》から夜にかけてだけ、正気をとりもどさせたのだ。」

今度は女は答えた。

「その時刻《じこく》に、梅はもっとも美しいからです。」

「なるほどね。」

とつぶやいてから、悟空《ごくう》はいった。

「だが、最初のころにさらってきたやつは、もう二十日以上もここにいるのだろう。飲み食いさせなければ、死んでしまうぞ。」

「目をさませるのは、一日のうち、ほんの短い時間で、あとは体のはたらきは止まっております。ですから、そんなにかんたんには死にはしません。それに、花の季節が終わったら、男たちを長安につれもどすつもりでおりました。」

「ほんとうか。」

「ほんとうです。ですから、お許《ゆる》しください。せっかく外に出られるようになったのです。今、木をたおされたら、わたしも死んでしまいます。もう、男たちをさらってきたりはいたしませんから、お許《ゆる》しください。」

「だが、そうなると、もうこの木はだれにも見られなくなるぞ。ここは山奥《やまおく》だし、長安から、ちょっと見物にいってこようというには、遠すぎる。」

「いたしかたございません。どうせ、百年ものあいだ、だれも見にこなかったのです。それよりまえだって、きっと、だれもこなかったでしょう。」

そういって、またうつむいてしまった女を見て、悟空《ごくう》はなんだかかわいそうになってきた。

それで、なんとなく梅の枝《えだ》を見あげると、どの枝《えだ》にも、満開の花があふれている。

悟空《ごくう》は女にたずねた。

「いつ、満開になったのだ。」

「二十日ほどまえでございます。」

女はそう答えたが、いくら梅は花の時期が長いといっても、二十日も満開がつづくのはおかしい。

「花は散らないのか。」

悟空《ごくう》の問いに、女も枝《えだ》を見あげて、答えた。

「はい。今年《ことし》は妙《みょう》なことに、花が散っても、またすぐにつぼみがつくのです。」

「では、いつまでたっても、男たちは長安に帰れないではないか。」

「いえ。もう、きょうのうちに帰します。」

「約束するか。」

「約束いたします。」

「あしたの朝、また見にくるぞ。それまでに、男たちが長安にもどっておらず、ここにいたら、そのときこそ、この梅の木が根こそぎたおれるときだ。」

「わかっております。」

と女が答えたところで、悟空《ごくう》はとんぼ返りをうって、觔斗雲《きんとうん》を起こした。そして、弘《こう》福寺《ふくじ》をめざし、南にむかって飛んだ。

まだ、宵《よい》の口《くち》だ。お師匠様《ししょうさま》の夜の茶の時間にはまにあうだろう。

そう思ったとき、悟空《ごくう》はふところに、なにかが入っていることに気づいた。

手を入れて、引っぱりだしてみると、それはてのひらにのるほどの梅の小枝《こえだ》だった。

花がいくつかついている。悟空《ごくう》の体にまきついた枝《えだ》の先だろう。

今度は、だれかに聞かせるためではなく、悟空《ごくう》はひとりごとをいった。

「おっ！　こいつはお師匠様《ししょうさま》のいいみやげになるぞ。」

九

盛花舞踏大紅梅樹《せいかぶとうだいこうばいじゅ》

まさか、大聖様《たいせいさま》は約束をやぶって、
木をたおしてしまわれたのではないでしょうね。

東海竜王敖広《とうかいりゅうおうごうこう》の竜宮《りゅうぐう》の広間の小机《こづくえ》に、魚顔の女官《にょかん》が二はい目の茶をおいて、そそくさと引きさがると、東海竜王《とうかいりゅうおう》は孫悟空《そんごくう》にいった。

「それで、それから、どうなったのです。」

悟空《ごくう》は茶をひと口すすり、

「おまえんとこの茶はほんとうにうまいな。こればかりはお師匠様《ししょうさま》のところもかなわないぜ。」

といってから、敖広《ごうこう》の顔を見た。

「お師匠様《ししょうさま》のところにいって、悟浄《ごじょう》と辯機《べんき》と四人で茶を飲んだ。辯機《べんき》っていうのは、お師匠様《ししょうさま》の人間の一番弟子《でし》だ。」

「それで？」

「それでって、その晩《ばん》は弘福寺《こうふくじ》に泊《と》まって、翌日《よくじつ》、あっちにいったり、こっちにきたりして、それから、こうして帰ってきたってわけだ。」

そういって、悟空《ごくう》が手にしていた茶碗《ちゃわん》を小机《こづくえ》におくと、今度は敖広《ごうこう》が小机《こづくえ》から茶碗《ちゃわん》をとって、茶をひと口で飲んだ。そして、いった。

「なるほど、それで？」

悟空《ごくう》は両手を頭のうしろでくみ、のびをするようなかっこうで答えた。

「それで、長安の話はおしまいだ。」

敖広《ごうこう》が茶碗《ちゃわん》を小机《こづくえ》において、たずねた。

「ですが、いなくなった男たちはもとにもどったのですか。」

悟空《ごくう》はのけぞらせた体をもとにもどして、答えた。

「あれ、いわなかったか？　梅の木の山にいった翌日《よくじつ》の朝、啓夏門《けいかもん》にいき、黄勇《こうゆう》に、みなが帰ってきているかどうか見てこいっていって、しらべさせたんだ。夕方、また黄勇《こうゆう》のところにいってきいたら、みんな、帰ってきているそうだ。だが、だれも、山でのことはよくおぼえていないらしい。なにをしていたんだってきくと、どこかできれいな紅梅《こうばい》を見ていたって、それしか思い出せないそうだ。」

「では、その紅梅樹《こうばいじゅ》は約束を守ったわけですね。」

「そうだ。」

「それでは、まだ、その山にいるわけですね。あとで見物にいってみましょう。」

「見にいくのはかってだが、もう山にはいない。」

「えっ？」

といぶかしそうに眉《まゆ》をしかめ、敖広《ごうこう》はいった。

「まさか、大聖様《たいせいさま》は約束をやぶって、木をたおしてしまわれたのではないでしょうね。」

悟空《ごくう》は首を左右にふった。

「そんなこと、するわけないだろ。みなが帰ってきていることをたしかめてから、あの木のところにいって、女と話して、引《ひ》っ越《こ》しをすすめたのさ。だって、おまえ。あれだけみごとな紅梅樹《こうばいじゅ》だぜ。だれも見ないんじゃ、もったいないしな。」

「それで、どこに引《ひ》っ越《こ》したんです？」

「どこだと思う？」

「さあ……。長安の芙蓉池《ふよういけ》ですか？」

「まあ、お師匠様《ししょうさま》も見にいけるし、芙蓉池《ふようけ》でもよかったんだが、いちおう紅梅樹《こうばいじゅ》にきいたら、顔をぽっと赤くして、やはり、きれいな男たちに見てほしいって、そういうもんだからよ。男ばかりってわけにはいかないが、女もまざっていいなら、きれいなやつしかいない場所があるって、そういってやったら、そこがいいっていうから、そこにした。」

「そこって、どこです。」

身をのりだした敖広《ごうこう》に、悟空《ごくう》は上を指さした。

「天界だ。天界なら、住んでいるのは天人と天女だ。四天王みたいに、いかつい顔のやつらだっているが、あいつらだって、顔だちそのものはなかなかだぜ。だから、見にいくなら、天界だ。おまえ、広目天王《こうもくてんのう》にってがあるんだから、見にいけるだろ。」

「そうですか、天界ですか。それなら、花が散らないうちに、なるべく早くいかないといけませんね。」

「おれは、あの花、しばらく散らないと思うね。だって、いくら梅の花は長く咲《さ》くからって、二十日《はつか》も満開がつづくっていうのも、おかしいだろ。ひょっとしたら、もう散らないかもな。」

「散らない梅などというと、いかにも天界のかたがたのお好みに合いますね。」

「おれもそう思うよ。あいつら、派手《はで》好きだからなあ。」

「それで、大聖様《たいせいさま》がその紅梅樹《こうばいじゅ》を天界に持っていかれたのですか。」

敖広《ごうこう》にきかれ、悟空《ごくう》はいった。

「なんで、おれがそこまでしてやらなきゃならねえんだよ。」

「だって、ひとりではいけないでしょ？」

「そりゃあ、ひとりではいけない。なにしろ、木だからな。ひとりでいけるくらいなら、女だけじゃなく、木ごと山をおりていって、芙蓉池《ふよういけ》でもどこへでもいき、花を見せびらかせばいいだろ。」

「では、だれがはこんだのです。」

「だれって、そういうのが得意なやつがいるんだよ。」

「得意なやつとおっしゃいますと。だれです？」

「そんなの、だれだっていいじゃねえか。」

「いや、ここまで話をうかがったのですから、教えてください。」

「ほら、あいつだよ。あいつ。」

「あいつとは?」

「おまえ、おれがお師匠様《ししょうさま》と天竺《てんじく》にいったとき、とちゅう、五荘観《ごそうかん》ってとこで、人参果《にんじんか》の木をたおしちまったこと、知っているか。」

「話はうかがっております。」

「あのとき、あの木をもとどおりにした植木屋の大将《たいしょう》みたいなやつがいるんだ。たおれた木だって、もとにもどせるんだから、植えかえくらい、わけもないだろうよ。そういうのがとくいなんだろうな。だから、そいつにやらせてやったんだ。」

「そいつって、それは観音菩薩様《かんのんぼさつさま》ではないですか。」

「まあ、そうだ。」

「では、南海普陀落伽山《なんかいふだらくせん》に、お願いにいかれたのですか。」

「いったが、べつにお願いはしていない。」

「お願いはしていないとは?」

「あいつもたいくつだろうから、紅梅樹《こうばいじゅ》のことを話してやりにいったんだ。それで、『あんなにきれいな梅だし、花が咲《さ》くだけじゃなく、枝《えだ》で楽器もかなでられるし、あの女は天女顔負けに、舞《ま》いがうまい。盛花舞踏大紅梅樹《せいかぶとうだいこうばいじゅ》とかなんとか、適当《てきとう》な名まえをでっちあげて、あれを天界に持っていったら、玉帝野郎《ぎょくていやろう》や、あそこの大臣やら神将《しんしょう》やら、天人やら天女やらがよろこぶだろなあ。山の上におきっぱなしにしたら、紅梅樹《こうばいじゅ》だって、かわいそうだしよ。』って、そういって、引きあげてきたわけだ。」

「なるほど！」

と敖広《ごうこう》は手でひざをうった。

悟空《ごくう》は敖広《ごうこう》にいった。

「おまえ、あいつの名まえだが、観音菩薩《かんのんぼさつ》のまえに、いろいろくっついているのを知ってるか。」

「ぞんじております。大慈大悲救苦救難霊感観世音菩薩様《だいじだいひきゅうくきゅうなんれいかんかんぜおんぼさつさま》とおっしゃるのです。」

「そうだ。なにしろ、大慈大悲救苦救難《だいじだいひきゅうくきゅうなん》だもんなあ。かんたんにいえば、みんなを苦難《くなん》から救う、やさしい菩薩《ぼさつ》ってことだ。どこがやさしいのか、わからないが、とにかくそういう名まえだしな。ご苦労なこったぜ。紅梅樹《こうばいじゅ》は今ごろもう、天界のどこかに植えかえられてるにちがいない。だが、あの女、天界にいったら、ますます舞《ま》いがうまくなるぞ。」

「どうしてそう思われるんです。」

「だって、おまえ。紅梅樹《こうばいじゅ》はよ、枝《えだ》で楽器をかなでるんだが、逆《ぎゃく》にいえば、枝《えだ》でかなでる楽器しかできないってことだ。つまり、笛なんかはむりだ。天界にいったら、笛の名手がいっぱいいるだろう。そいつら、あいつの舞《ま》いを見たら、おもわず、笛を吹《ふ》きたくなるだろう。そうなると、どんどん気分ももりあがって、あの女の舞《ま》いも、ますますうまくなるってもんだ。」

「なるほど！」

と、また敖広《ごうこう》が手でひざをうった。そして、ひざをうった手でもものあたりをさすっている。

それを見て、悟空《ごくう》はいった。

「なんだか、おまえ、そわそわしてるね。」

「いえ、そんなことはございません。」

と敖広《ごうこう》が首をふったところで、悟空《ごくう》は立ちあがった。

「おまえ、紅梅樹《こうばいじゅ》を見にいきたいんだろ。わかったよ、帰るよ。」

悟空《ごくう》がそういうと、敖広《ごうこう》は、

「え、もうお帰りですか。もっとゆっくりなさっていけばいいのに……。」

と口ではそういったものの、自分もすぐに立ちあがり、

「では、門までお見送りいたしましょう。」

などといって、さきに広間から出ていったのだった。

第二譚《たん》

玉《ぎょく》竜《りゅう》出《しゅつ》奔《ぽん》

序《じょ》

恵岸行者《えがんぎょうじゃ》？　なんで、恵岸行者《えがんぎょうじゃ》がここにくるんだ。
あの野郎《やろう》、けんかでも売りにきたのか。恵岸行者《えがんぎょうじゃ》はどこにいるのだ。

花果山水簾洞《かかざんすいれんどう》の玉座《ぎょくざ》にふんぞりかえって、孫悟空《そんごくう》は首をぐりぐりとまわした。首の骨《ほね》がぽきぽきと音をたてる。頭からずりおちそうになった冠《かんむり》をなおしながら、悟空《ごくう》は思った。

どうもこの冠《かんむり》はできが悪いな。今度、南海竜王敖欽《なんかいりゅうおうごうきん》のところにいって、頭をふっても、かんたんにおちない王冠《おうかん》を作らせようか。あそこの職人《しょくにん》が作ったにせの緊箍《きんこ》は、竜宮金《りゅうぐうきん》でできているし、作りもいいから、どんなに頭をふってもおちないし、それでいて、まるできゅうくつではなく、下から指を入れれば、すぐにはずれる。

玉座《ぎょくざ》の一段《いちだん》下には、流元帥《りゅうげんすい》と馬元帥《ばげんすい》がならんでいる。あとの四長老のうちのふたり、崩将軍《ほうしょうぐん》と芭将軍《はしょうぐん》は、花果山《かかざん》の山頂《さんちょう》近くで、猿《さる》たちに戦いの訓練をさせている。

「あーあ、退屈《たいくつ》だなあ……。」

と悟空《ごくう》がいいかけたとき、広間に芭将軍《はしょうぐん》がかけこんできた。

馬元帥《ばげんすい》が立ちあがって、

「どうした、けがをした者でも出たのか？」

というと、芭将軍《はしょうぐん》は悟空《ごくう》のまえで、人間っぽく右手のこぶしを左手のてのひらにあて、おじぎをしてから、いった。

「いえ、けがをした者はおりません。お客様がいらっしゃいました。」

客とはめずらしい。また、あの猪八戒《ちょはっかい》でもきたのか、いや、ひょっとして長安で、お師匠様《ししょうさま》になにかあったのか、それで、沙悟浄《さごじょう》が知らせにきたのだろうか。それなら、こうしてはいられない！

そう思って、悟空《ごくう》が立ちあがり、

「客とはだれだ？」

というと、芭将軍《はしょうぐん》は答えた。

「はっ！　恵岸行者様《えがんぎょうじゃさま》でございます。」

「恵岸行者《えがんぎょうじゃ》？　なんで、恵岸行者《えがんぎょうじゃ》がここにくるんだ。あの野郎《やろう》、けんかでも売りにきたのか。恵岸行者《えがんぎょうじゃ》はどこにいるのだ。」

「はっ！　花果山《かかざん》の頂上《ちょうじょう》で、お待ちでございます。ただいま、崩将軍《ほうしょうぐん》がおあいてをしております。」

「それなら、やつをここにつれてこい！」

といったところで、悟空《ごくう》はいいなおした。

「いや、いい。こっちからいく。ここでけんかになったら、広間がめちゃくちゃになるからな。すぐにいくから、おまえ、さきにいって、ちょっと待ってろといっておけ。」

それから悟空《ごくう》は馬元帥《ばげんすい》にいった。

「お師匠様《ししょうさま》からいただいた衣《ころも》と、歩雲履《ほうんり》と虎《とら》の毛皮の腰《こし》まき、それから、にせの緊箍《きんこ》を持ってこい。」

馬元帥《ばげんすい》がすぐに奥《おく》から命じられたものを持ってくると、悟空《ごくう》は猿《さる》の王の衣装《いしょう》をぬぎ、それを身につけた。そして、広間をかけぬけ、外に出ると、山頂《さんちょう》めがけて山をかけあがったのだった。

一

恵岸行者《えがんぎょうじゃ》

真心っていうのは、真の心だ。つまり、ほんとうの心、かんたんにいえば、本音ってことだ。本音でたのめば、いってきてやるっていってるんだ。


孫悟空《そんごくう》が山頂《さんちょう》にかけあがると、肩《かた》に白いオウムをのせた恵岸行者《えがんぎょうじゃ》が崩将軍《ほうしょうぐん》となにやら話をしていた。芭将軍《はしょうぐん》がそばで、恵岸行者《えがんぎょうじゃ》の顔を見て、うなずいている。

初夏の南風が悟空《ごくう》のほほをかすめていく。

悟空《ごくう》がきたのがわかると、恵岸行者《えがんぎょうじゃ》はふかぶかと頭をさげた。どうやら、けんかを売りにきたのではないらしい。

悟空《ごくう》は走るのをやめ、恵岸行者《えがんぎょうじゃ》のまえに歩いていった。

恵岸行者《えがんぎょうじゃ》はゆっくりと顔をあげて、悟空《ごくう》にいった。

「闘戦勝仏様《とうせんしょうぶつさま》、ごきげんはいかがでしょうか。」

「おまえがそうやって、おれのことを闘戦勝仏《とうせんしょうぶつ》って呼《よ》ぶと、どんなにきげんがよくても、すぐに悪くなるぜ。」

「そのようにおっしゃられても……。」

と恵岸行者《えがんぎょうじゃ》がいったところで、悟空《ごくう》はひとつため息をついて、いった。

「まあ、いいや。どうせ、呼《よ》ぶなっていったって、呼《よ》ぶんだろ。それで、用はなんだ。けんかを売りにきたんじゃなさそうだが、だからといって、ただの散歩のとちゅうってこともないだろう。」

「きょうは観音菩薩様《かんのんぼさつさま》のお使いでまいりました。」

「まあ、そんなとこだろうな。観音《かんのん》の野郎《やろう》のいいつけでもなけりゃ、おまえがここにくるわけがない。」

悟空《ごくう》がさきをうながすと、恵岸行者《えがんぎょうじゃ》はいった。

「じつは、八部天竜馬《はちぶてんりゅうば》のことでまいりました。」

「それで？」

八部天竜馬《はちぶてんりゅうば》というのは玄奘三蔵《げんじょうさんぞう》が天竺《てんじく》まで乗っていった馬、玉竜《ぎょくりゅう》のことだ。

玉竜《ぎょくりゅう》は西海竜王敖閏《せいかいりゅうおうごうじゅん》の第三子で、竜宮《りゅうぐう》で火事をおこし、宝物《たからもの》の珠《たま》を焼いてしまったため、父親の敖閏《ごうじゅん》が親不孝《おやふこう》だと天の玉帝《ぎょくてい》に訴《うった》え、天界で死罪《しざい》をいいわたされた。そこを観音菩薩《かんのんぼさつ》が天の玉帝《ぎょくてい》からもらいうけ、三蔵《さんぞう》が天竺《てんじく》にいくときに乗る馬に化身させたのだ。それが、天竺《てんじく》までは三蔵《さんぞう》を乗せていき、帰りは長安まで経《きょう》をのせていったという手柄《てがら》で、もとの竜《りゅう》にもどされ、八部天竜馬《はちぶてんりゅうば》の位にあげられた。そして、姿《すがた》も、もとは白い竜《りゅう》だったが、うろこはすべて金色になり、ひげは銀というきらびやかな姿《すがた》に変えられたのだ。

「八部天竜馬《はちぶてんりゅうば》っていうと、玉竜《ぎょくりゅう》のことだな。八部天竜馬《はちぶてんりゅうば》となって、仏法《ぶっぽう》を守護《しゅご》してるんだろ。元気にやってるのか。」

悟空《ごくう》がたずねると、恵岸行者《えがんぎょうじゃ》はいった。

「じつは、あれからしばらくして、八部天竜馬《はちぶてんりゅうば》は天竺《てんじく》から姿《すがた》を消してしまったのです。」

「姿《すがた》を消した？　また、妖怪《ようかい》につれさられたのか。それで、とりもどしてこいって、そういうんだろ。」

「いえ、妖怪《ようかい》につれさられたのではありません。あのような竜《りゅう》をいったい、どんな妖《よう》怪《かい》がつれていくというのです。」

「そりゃあ、そうだ。じゃあ、あいつまた、なんかへまをして、天竺《てんじく》のおやじに、五《ご》行山《ぎょうざん》の下にでも、とじこめられたんじゃないのか？」

かつて、悟空《ごくう》は釈迦牟尼如来《しゃかむににょらい》によって、五行山《ごぎょうざん》に五百年間もとじこめられていたことがあった。

それはともかく、悟空《ごくう》は釈迦牟尼如来《しゃかむににょらい》を天竺《てんじく》のおやじといったのだが、恵岸行者《えがんぎょうじゃ》は悟空《ごくう》のわざとらしい無礼を無視《むし》して答えた。

「そうではございません。八部天竜馬《はちぶてんりゅうば》は天界で大あばれなどいたしませんから、五行山《ごぎょうざん》の下にとじこめられるなどということはないのです。自分から出奔《しゅっぽん》したのです。」

「出奔《しゅっぽん》かあ。じゃあ、天竺《てんじく》で仏法《ぶっぽう》の守護《しゅご》をしてるのにあきて、逃《に》げだしたってことだな。気持ちはわかるぜ。だいたい、あのおやじの力はおれもみとめているが、広大無辺っていうのはああいうのをいうんだろう。だから、あのおやじは、べつに玉竜《ぎょくりゅう》が守らなくても、自分の身くらい、自分で守れるだろうよ。玉竜《ぎょくりゅう》がいなくても、こまりはしないだろうが。だいたい、仏法守護《ぶっぽうしゅご》なんていったって、じっさいに玉竜《ぎょくりゅう》がやることなんか、ないんだろ。せいぜい、大雷音寺《だいらいいんじ》の柱にまきついているくらいしか、仕事なんか、なかろうぜ。」

「もし、柱にまきついているのが役目なら、そうしているべきです。ですが、八部天《はちぶてん》竜馬《りゅうば》の役目は如来様《にょらいさま》をお守りするというよりは、また、大雷音寺《だいらいいんじ》を守るというよりは、

仏法《ぶっぽう》を守護《しゅご》することです。」

「あ、そう。じゃあ、仏法《ぶっぽう》だって、あのおやじが自分で守護《しゅご》すればいいだろうが。なにも、玉竜《ぎょくりゅう》をこき使うこともあるまいよ。もっとも、あのおやじが両手両足で寺の柱にだきついたって、竜《りゅう》がまきついたようには、さまにはならんだろうが。」

まさか、釈迦牟尼如来《しゃかむににょらい》が大雷音寺《だいらいいんじ》の柱にだきついているところを想像《そうぞう》してしまったわけではないだろうが、恵岸行者《えがんぎょうじゃ》は口元をゆがめて、

「な、なにを……。」

といってから、ここで悟空《ごくう》の挑発《ちょうはつ》にのってはいけないと気づいたのだろう。一度、ぐっと唇《くちびる》をとじてから、いった。

「いや、人であろうが、竜《りゅう》であろうが、だれであろうが、役割《やくわり》をあたえられてこそ、ますますその力を発揮《はっき》できるようになるのです。ですから、役割《やくわり》は自分のためにあるのです。」

さすがにいつも観音菩薩《かんのんぼさつ》のところにいるだけあって、口はたっしゃだな。

悟空《ごくう》はそう思った。

悟空《ごくう》は負けずに、いいかえした。

「じゃあ、こうやっておまえが観音《かんのん》の野郎《やろう》のいいつけで、おれのところにきたのは、おまえ自身のためってことだな。」

自分自身のために、悟空《ごくう》に会いにきたといわれ、恵岸行者《えがんぎょうじゃ》は、

「うっ……。」

と言葉をつまらせた。

悟空《ごくう》が観音菩薩《かんのんぼさつ》を観音《かんのん》の野郎《やろう》と呼《よ》んだり、いつもいいたいほうだいいうので、恵岸《えがん》行者《ぎょうじゃ》が悟空《ごくう》をきらっていることは、悟空《ごくう》にもわかっている。自分自身のために、きらいなあいてに会いにきたといわれ、

「そうではない！」

といいたかったのだろうが、そのまえに、

「役割《やくわり》は自分のためにあるのです。」

などといってしまったので、いまさら、ちがうともいえないのだろう。

恵岸行者《えがんぎょうじゃ》はくやしそうに、

「まあ、そういうことになります。」

といって、口をへの字にむすんだ。

そのくやしそうなようすを見て、悟空《ごくう》はすっかりきげんがよくなり、話をさきにすすめるために、

「まあ、いいや。それで、姿《すがた》を消して、どうしたんだ？」

といった。

恵岸行者《えがんぎょうじゃ》は答えた。

「姿《すがた》を消して、もどってこないのです。」

悟空《ごくう》は小さくため息をついてから、いった。

「おまえね、やっぱり、おれのこと、ばかにしてるんだろ。もどってこないくらい、わかるぜ。いなくなって、もどってきてるなら、そのことで、こうやって、おまえがおれのところにくるわけがない。どうせ、玉竜《ぎょくりゅう》をさがしてくれとか、そういうことだろ？」

悟空《ごくう》がそういうと、恵岸行者《えがんぎょうじゃ》は意外にも首を左右にふった。

「ところが、そうではないのです。」

「そうではない？　さがしてこいってことじゃないのか？」

「はい。さがす必要はないのです。行きさきはつきとめてあります。」

「じゃあ、そこにいって、つれもどせばいいだろ。」

「むろん、そうしようとしました。わたしもいきましたし、ほかの者もいきました。ですが、帰る気のない者をつれもどすことはできません。無理につれもどしても、また去るでしょう。」

「たしかに、そりゃあ、道理だな。」

と悟空《ごくう》がいうと、恵岸行者《えがんぎょうじゃ》は口をつぐんでしまった。

悟空《ごくう》はいった。

「天竺《てんじく》がたいくつになったくらいなら、ちょっとそこいらで遊んでから、もどってくるだろうに。玉竜《ぎょくりゅう》のやつ、どうして、出ていって、帰ってこないのかな。」

すると、恵岸行者《えがんぎょうじゃ》がいった。

「それが、わからないのです。帰らない理由がわからないのです。だれがいっても、会いたがらないし、会っても、口をきかないのです。」

悟空《ごくう》は恵岸行者《えがんぎょうじゃ》の顔をしみじみと見てから、いった。

「それで、玉竜《ぎょくりゅう》のやつに会って、なんで天竺《てんじく》にもどらないのか、きいてこいって、そういうことか?」

恵岸行者《えがんぎょうじゃ》はうなずいた。

「さようでございます。それで、できれば、つれもどしてほしいというのが、菩薩様《ぼさつさま》のことづけです。」

どうせたいくつしていたところだ。玉竜《ぎょくりゅう》に会いにいくのも、おもしろいかもしれない。それに、なにが気にくわないのか、きいてみたくもある。

悟空《ごくう》は恵岸行者《えがんぎょうじゃ》にたずねた。

「それで、玉竜《ぎょくりゅう》のやつ、今、どこにいるんだ。」

恵岸行者《えがんぎょうじゃ》は答えた。

「蛇盤山鷹愁澗《だばんさんおうしゅうかん》におります。」

「蛇盤山鷹愁澗《だばんさんおうしゅうかん》っていやあ、おれとお師匠様《ししょうさま》があいつにはじめて会った谷川だな。」

「さようでございます、闘戦勝仏様《とうせんしょうぶつさま》。蛇盤山鷹愁澗《だばんさんおうしゅうかん》にいかれ、八部天竜馬《はちぶてんりゅうば》に会って、出奔《しゅっぽん》のわけをきき、天竺《てんじく》につれもどしてはいただけませんでしょうか。」

そういって、恵岸行者《えがんぎょうじゃ》は悟空《ごくう》にむかい、合掌《がっしょう》した。

「わかったよ。いってやらないでもない。だが、おまえのたのみかたが気に入らない。もっと真心をこめて、たのむんなら、いってきてやる。」

「真心をこめてとおっしゃいますと？　わたしはそのつもりでおりますが……。」

「真心っていうのは、真の心だ。つまり、ほんとうの心、かんたんにいえば、本音ってことだ。本音でたのめば、いってきてやるっていってるんだ。」

「いえ、観音菩薩様《かんのんぼさつさま》のお考えにしたがい、本音でおたのみもうしております。」

悟空《ごくう》はそれを聞き、

「うそをつけ……。」

といってから、いきなり大声をあげた。

「悟空《ごくう》！　観音菩薩様《かんのんぼさつさま》のおいいつけだ！　さっさと蛇盤山鷹愁澗《だばんさんおうしゅうかん》にいってまいれ！」

恵岸行者《えがんぎょうじゃ》が驚《おどろ》いて、目を見ひらいたところで、悟空《ごくう》はふたたび声をおとした。

「……って、そういいたいんだろ、本音じゃあ。だったら、そういえよ、そういったら、いってきてやる。」

すると、恵岸行者《えがんぎょうじゃ》はため息をひとつついてから、

「しかたがありません……。」

とつぶやいてから、いくらか声を大きくして、いった。

「大聖《たいせい》！　観音菩薩様《かんのんぼさつさま》がそういってらっしゃるのだ。蛇盤山鷹愁澗《だばんさんおうしゅうかん》にいってきてくれ

まいか。」

といった。

悟空《ごくう》が大聖《たいせい》になったり、悟空《ごくう》が自分でいった言葉とは少しちがったが、そこにいて、どうなることかと心配顔の崩将軍《ほうしょうぐん》と芭将軍《はしょうぐん》に、悟空《ごくう》はいった。

「ちょっと蛇盤山鷹愁澗《だばんさんおうしゅうかん》にいってくるから、しっかり留守《るす》を守っていろ。」

それから、恵岸行者《えがんぎょうじゃ》の顔を見て、いいはなった。

「玉竜《ぎょくりゅう》とはいっしょに天竺《てんじく》にいった仲だ。ようすがおかしいなら、おまえにたのまれなくたって、見にいってくらあ！」

そして、とんぼ返りをうち、たちまち觔斗雲《きんとうん》を起こした悟空《ごくう》は、崩将軍《ほうしょうぐん》と芭将軍《はしょうぐん》が声をそろえ、

「大聖様《たいせいさま》。お気をつけて……。」

といいおわらないうちに、もう空高く、まいあがっていた。

二

蛇盤山鷹愁澗《だばんさんおうしゅうかん》

いくら大聖《たいせい》でも、できないことがあるのだ。

あれは孫悟空《そんごくう》が頭に緊箍《きんこ》をはめられた年の冬のことだ。玄奘三蔵《げんじょうさんぞう》のともをして、蛇《だ》盤山鷹愁澗《ばんさんおうしゅうかん》のほとりにきたとき、いきなり川のまん中がもりあがり、水柱のようなものが水中からせりあがった。それは、水柱ではなく、白い竜《りゅう》だった。それが玉竜《ぎょくりゅう》だ。悟空《ごくう》が三蔵《さんぞう》をかかえて、ひとまず丘《おか》の上につれていき、川岸にもどったときには、もう三蔵《さんぞう》の馬は玉竜《ぎょくりゅう》に食われていた。

あとで観音菩薩《かんのんぼさつ》がきて、玉竜《ぎょくりゅう》が三蔵《さんぞう》の馬になるために、蛇盤山鷹愁澗《だばんさんおうしゅうかん》で待っていたことがわかった。

そのとき、玉竜《ぎょくりゅう》は馬を食ってしまったいいわけに、

「わたしだって、まさか、唐《とう》の僧《そう》がお化けみたいな猿《さる》をつれているとは思いませんよ。

曲芸師《きょくげいし》じゃあるまいし……。」

といったのだ。あのときは腹《はら》が立ったが、今思うと、なつかしくもあり、おもしろくもある。

その蛇盤山鷹愁澗《だばんさんおうしゅうかん》の岸辺に今きてみれば、あのときとはちがい、夏のはじまりの青空の下、谷川はゆったりと流れている。

悟空《ごくう》はひとまず、

「唵《おん》！」

と呪文《じゅもん》をとなえた。

地面から土ぼこりがあがり、山の神と土地神があらわれた。

ふたりはそこに平伏《ひれふ》し、まず、山の神が、

「これはこれは斉天大聖様《せいてんたいせいさま》……。」

と、そこまでいうと、そのあとを土地神がひきついだ。

「ようこそ、おいでくださいました。」

それをきいて、悟空《ごくう》はうれしくなった。闘戦勝仏《とうせんしょうぶつ》と呼《よ》ばれず、斉天大聖《せいてんたいせい》といわれたからだ。もし、闘戦勝仏《とうせんしょうぶつ》といわれたら、

「おれがきているというのに、あいさつにも出ないとはふとどきだ。」

などといって、おどしつけてやろうと思っていたのだ。

そんなふうにはいわず、悟空《ごくう》はおだやかな口調で、

「この川に、玉竜《ぎょくりゅう》がもどっているだろう。」

ときいてみた。

すると、山の神が顔をあげ、

「はい。八部天竜馬様《はちぶてんりゅうばさま》なら、帰ってきていらっしゃいます。」

というと、土地神も顔をあげ、そのあとをつづけた。

「大聖様《たいせいさま》。うかがいますれば、大聖様《たいせいさま》は無事唐僧《とうそう》を天竺《てんじく》に送りとどけになられたとのことで、そのため、玉竜様《ぎょくりゅうさま》も釈迦牟尼如来様《しゃかむににょらいさま》より、八部天竜馬《はちぶてんりゅうば》というありがたいお名まえをいただきましたそうで……。」

「そうだ。だが、おまえ、それをだれから聞いた?」

「はい。せんだって、西海竜王様《せいかいりゅうおうさま》がここにおこしになり、そうおっしゃっておりました。それで、斉天大聖様《せいてんたいせいさま》はどんな名まえをおさずかりになったのか、おたずねしたところ、西海竜王様《せいかいりゅうおうさま》は、『それは知らぬほうが、身のためだ。』とおっしゃいました。知

らぬほうが身のためというのは、いったいどういうお名まえでしょう。」

土地神にきかれ、悟空《ごくう》は、

「知らぬほうがいい名は、知らぬほうがいいのだ。」

と答えてから、たずねた。

「それで、西海竜王敖閏《せいかいりゅうおうごうじゅん》はここになにをしにきたのだ？」

するとと、今度は山の神がいった。

「なにやら、川の中で、八部天竜馬様《はちぶてんりゅうばさま》とおふたりでお話しされていたようですが、どのようなお話かまでは、てまえどものような者にはわかりかねます。」

「きたのは、敖閏《ごうじゅん》だけか。」

「いえ、べつのおりに、八部天竜馬様《はちぶてんりゅうばさま》の伯父《おじ》上の東海竜王様《とうかいりゅうおうさま》も一度いらっしゃいました。それから、広目天王様《こうもくてんのうさま》もおいでになりました。どちらも、八部天竜馬様《はちぶてんりゅうばさま》としばらくお話しをしておられたごようすですが、もちろん、わたしどもは立ち聞きなどいたしませんから、なにを話されていたか、ぞんじません。」

「おかしいな。広目天王《こうもくてんのう》がきたなら、春に天界にもってこられた梅の木の話をしたはずなのだが……。」

悟空《ごくう》がそういうと、山の神が、

「いえ、梅の話などはされてませんでした。」

と答えてから、土地神にいった。

「なあ、梅の話など、されてなかったな。」

土地神がうなずいて、

「ああ、たしかに梅の話はしていなかったな。」

といったところで、悟空《ごくう》はふたりをどなりつけた。

「ばか者！　やはり、どこかにかくれ、立ち聞きをしておったな。でなければ、梅の話をしていないことがわかるはずがない。」

山の神と土地神は声をそろえ、

「へへーっ！　もうしわけございません。」

といって、地面に顔をこすりつけた。

「まあ、いい。では、どんな話をしていたか、いってみろ！」

悟空《ごくう》がそういうと、山の神と土地神は顔をあげた。

山の神がこわごわといった。

「それが、どうやら八部天竜馬様《はちぶてんりゅうばさま》は天竺《てんじく》の大雷音寺《だいらいいんじ》を出奔《しゅっぽん》し、ここにもどってこられたようで、西海竜王様《せいかいりゅうおうさま》も東海竜王様《とうかいりゅうおうさま》も、それから広目天王様《こうもくてんのうさま》も、そのわけをおたずねになったのですが、八部天竜馬様《はちぶてんりゅうばさま》はいっさいお答えにならないのです。」

「そうか。では、きたのは、ふたりの竜王《りゅうおう》と竜《りゅう》たちを眷族《けんぞく》にしている広目天王《こうもくてんのう》だけか。」

それに答えたのは土地神だった。

「いえ、いちばん最初にこられたのは恵岸行者様《えがんぎょうじゃさま》でございます。やはり、恵岸行者様《えがんぎょうじゃさま》も八部天竜馬様《はちぶてんりゅうばさま》が出奔《しゅっぽん》されたわけをたずねておられましたが、八部天竜馬様《はちぶてんりゅうばさま》はなにもお答えになりませんでした。」

「そうか。わかった。おまえたちはもういっていい。」

悟空《ごくう》がそういうと、ふたりは姿《すがた》を消した。

山の神と土地神がいなくなったところで、悟空《ごくう》は口に両手をあてて、川にむかい、

「おおい！」

と呼《よ》びかけてみた。

返事がないので、今度は、

「おおい、玉竜《ぎょくりゅう》！　八部天竜馬《はちぶてんりゅうば》ーっ！」

と呼《よ》んでみた。

悟空《ごくう》の闘戦勝仏《とうせんしょうぶつ》とはちがい、玉竜《ぎょくりゅう》の八部天竜馬《はちぶてんりゅうば》は来世名《らいせめい》ではない。今もう、つまり現世《げんせ》で、八部天竜馬《はちぶてんりゅうば》になっているのだ。

やはり返事がないので、悟空《ごくう》はもっと大きな声でさけんだ。

「おーい！　玉竜《ぎょくりゅう》！　八部天竜馬《はちぶてんりゅうば》ーっ！　おれだ、悟空《ごくう》だ！　斉天大聖《せいてんたいせい》だーっ！」

それでも、まるで返事はない。

しかたなく、悟空《ごくう》は手で印《いん》をむすび、乱水《らんすい》の術《じゅつ》の呪文《じゅもん》をとなえた。

たちまち、川はゴーゴーと音をたてて、逆流《ぎゃくりゅう》しはじめる。あちこちに水柱が立ち、四方八方に泥水《どろみず》のしぶきがあがる。

これでは、水の中などにいられたものではない。

そのうち、川のまん中がぐわんともりあがり、金色にかがやくものが水中からあらわれた。

玉竜《ぎょくりゅう》、いや、八部天竜馬《はちぶてんりゅうば》だ！

悟空《ごくう》はひとまず、乱水《らんすい》の術《じゅつ》をとき、川面がおだやかになったところで、八部天竜馬《はちぶてんりゅうば》に声をかけた。

「呼《よ》んだら、すぐに出てこい。おれを忘《わす》れたか。」

八部天竜馬《はちぶてんりゅうば》は巨大《きょだい》な体の半身を水面から出し、

「大聖《たいせい》がきたのはわかっていたが、どうせ、広目天王様《こうもくてんのうさま》か伯父《おじ》の東海竜王《とうかいりゅうおう》にたのまれて、天竺《てんじく》に帰れといいにきたのだろう。」

といった。

悟空《ごくう》は笑って、いった。

「はずれだ！　ふたつ、はずれている。おれにたのみにきたのは、広目天王《こうもくてんのう》や敖広《ごうこう》じゃない。そのふたりのたのみなら、如意金箍棒《にょいきんこぼう》にものをいわせても、おまえから出《しゅっ》奔《ぽん》したわけをきき、いやでも天竺《てんじく》につれもどす。だが、きたのは恵岸行者《えがんぎょうじゃ》だ。あいつにはそんなに義理《ぎり》はない。それから、天竺《てんじく》に帰れといいにきたわけでもない。」

「では、なにをしにきたのだ。」

そうたずねられて、悟空《ごくう》はいった。

「おまえが天竺《てんじく》から逃《に》げてきたのには、それなりのわけがあるんだろ。それをききにきた。」

「それなら、やはり、天竺《てんじく》に帰れといいにきたのではないか。」

「ちがう。どんなわけだろうと、おまえが帰りたくないというなら、たとえ、天竺《てんじく》のおやじや、玉帝野郎《ぎょくていやろう》の天の軍勢《ぐんぜい》全部を敵《てき》にまわしても、おまえが天竺《てんじく》にもどらなくてもすむように、おまえといっしょに戦ってやる。」

「だが、大聖《たいせい》。大聖《たいせい》は今、広目天王様《こうもくてんのうさま》や伯父《おじ》のたのみなら、如意金箍棒《にょいきんこぼう》にものをいわせても、わたしを天竺《てんじく》につれもどすといったではないか。」

「あ、そうか。では、いいなおす。広目天王《こうもくてんのう》と敖広《ごうこう》は別として、そのほかのだれがこようと、おまえといっしょに戦ってやる。」

「では、広目天王様《こうもくてんのうさま》や伯父《おじ》がきたら、どうするのだ。」

「ううむ、それはこまるな。どうしよう。」

といって、悟空《ごくう》は岸辺に腰《こし》をおろし、あぐらをかいた。そして、こう答えた。

「だいじょうぶだ。広目天王《こうもくてんのう》や敖広《ごうこう》はおれとは戦わない。もし、ふたりがしのごのいってきたら、話し合いっていうやつで、解決《かいけつ》する。あんまりとくいじゃないが、このさい、しかたがない。だが、話し合うにしたって、どうしておまえが天竺《てんじく》からずらかってきたのか、そのわけがわからなければ、話し合いにもならない。だから、わけをいってみろよ。」

悟空《ごくう》がそういうと、八部天竜馬《はちぶてんりゅうば》はずるずると首を水の中に沈《しず》めていった。

このまま水中にもどってしまうつもりだろうか、と悟空《ごくう》がそう思っていると、そうではなかった。

八部天竜馬《はちぶてんりゅうば》はあごの下まで水に沈《しず》むと、まるで、馬が川を泳いでわたるように、首を水中から少しだけ出して、岸に近づいてきた。少しだけといっても、なにしろ竜《りゅう》だから、高さは人間の背丈《せたけ》よりも高い。

悟空《ごくう》のすぐ近くまでくると、八部天竜馬《はちぶてんりゅうば》は、

「わたしは天竺《てんじく》にはもどらない。」

といった。

悟空《ごくう》はだまってうなずいた。

八部天竜馬《はちぶてんりゅうば》はつづけていった。

「わたしは竜宮《りゅうぐう》で火事を出し、宝物《たからもの》の珠《たま》を焼いたことで、実の父親に訴《うった》えられ、天界で死罪《しざい》をいいわたされた。そこを観音菩薩様《かんのんぼさつさま》にたすけていただき、大聖《たいせい》といっしょに天竺《てんじく》にいくことになったわけだが、今思えば、あのとき、死罪《しざい》になっており、天竺《てんじく》へ

の旅などに出なければ、こんな苦しみを味わうこともなかっただろう。」

そこまでいって、八部天竜馬《はちぶてんりゅうば》がだまってしまったので、悟空《ごくう》はいった。

「あのとき、死罪《しざい》になっていれば、とはまた、おだやかではないな。それで、その苦しみというのは、どんな苦しみなんだ。おれにいってみろ。こう見えても、おれは斉天大聖《せいてんたいせい》だ。さっきの乱水《らんすい》の術《じゅつ》や、觔斗雲《きんとうん》の術《じゅつ》など、七十二般《はん》の仙術《せんじゅつ》を身につけている。不老不死の孫悟空《そんごくう》だ。たいていのことで、おれにできないことはない。おまえを苦しめているやつから、おれがおまえを救ってやるから、その苦しみとやらをいってみろ。」

すると、八部天竜馬《はちぶてんりゅうば》は、なかばあきれたように、また、なかば悲しそうに、ため息をついた。そして、人の背丈《せたけ》の二倍ほど、首を水中から出すと、西のほうに目をやった。そして、そのまま西の空を見あげて、つぶやいた。

「いくら大聖《たいせい》でも、できないことがあるのだ。」

「そんなことは、いってみなければわからない。いってみろ。」

悟空《ごくう》の言葉に、八部天竜馬《はちぶてんりゅうば》はもう一度ため息をつき、やはり西の空を見たまま、

「いえぬ……。」

とつぶやいた。
その西の空には、中天からかたむきはじめた太陽がかがやいていた。

三

河岸《かし》談義《だんぎ》

そうとも。高老荘《こうろうそう》には、八戒《はっかい》がいる。あいつはこういうことにくわしいんだ。

蛇盤山鷹愁澗《だばんさんおうしゅうかん》の岸にあぐらをかき、孫悟空《そんごくう》はだまったまま、じっとすわっている。

人の背丈《せたけ》の倍ほどの高さまで水から首を出し、八部天竜馬《はちぶてんりゅうば》が西の空を見つめている。

やはり、だまったままだ。

悟空《ごくう》は水と時がいっしょに流れているように思えた。

人の姿《すがた》はまったくない。

日がしだいに西にかたむいていき、空が赤くそまっていく。

悟空《ごくう》は立ちあがり、衣《ころも》のすそについた土ぼこりを手ではたいて、いった。

「じゃあな、玉竜《ぎょくりゅう》。おれは帰る。」

悟空《ごくう》がそういったことが意外だったようで、八部天竜馬《はちぶてんりゅうば》は水の上から悟空《ごくう》を見おろ

し、

「えっ……。」

といった。

悟空《ごくう》はクスリとわらって、八部天竜馬《はちぶてんりゅうば》を見あげた。

「おまえみたいな、きらびやかな竜《りゅう》が、『えっ』なんて、びっくりしたような声を出すのは似合《にあ》わないぞ。」

「そうか……？」

とつぶやいてから、八部天竜馬《はちぶてんりゅうば》はいった。

「いや、ほんとうに少し驚《おどろ》いたものだから、つい声が出た。」

「なにに驚《おどろ》いたのだ。」

「大聖《たいせい》が帰るというから……。」

「いくらおれがひまだって、ここに百年もいるわけにはいかないからな。」

「百年？」

「そうだ。おまえ、おれがここで百年ねばったって、天竺《てんじく》を出奔《しゅっぽん》したわけをしゃべらんだろう。」

悟空《ごくう》はそういったが、八部天竜馬《はちぶてんりゅうば》は答えない。

悟空《ごくう》はいった。

「この川の流れはつきることがない。おれは不老不死だから、おれの時間もつきることがない。だから、つきることのない水の流れをつきることのない時間を使って見ていても、いいといえばいい。だが、おれは不老不死であっても、たとえばお師匠様《ししょうさま》は人間だし、いずれは死ぬ。八戒《はっかい》や悟浄《ごじょう》は、もとは天人だから、人間よりははるかに寿命《じゅみょう》が長いとはいえ、やはりいつかは命がつきる。お師匠様《ししょうさま》も八戒《はっかい》も悟浄《ごじょう》も、来世《らいせ》はきまっているが、来世《らいせ》になれば、現世《げんせ》のことは忘《わす》れているから、どこかで会ってもわからない。たとえば、悟浄《ごじょう》が来世《らいせ》で金身羅漢《こんしんらかん》になって、どこかでおれに会うとするだろ。おれは、悟浄《ごじょう》が金身羅漢《こんしんらかん》になったことを知ってるから、あ、こいつ悟浄《ごじょう》だなってわかっても、悟浄《ごじょう》のほうじゃあ、おれがおれだとはわからない。だれかが悟浄《ごじょう》に、『あなたは前世《ぜんせ》でこの猿《さる》の弟子《おとうでし》だったんですよ。』などと教えても、『ああ、そうだったのですか。』としかいえないだろう。『いやあ、兄者ではないか。ひさしぶりだな。あれから、どうしてたのだ。』などとはいわないだろうよ。」

悟空《ごくう》がそこまでいうと、八部天竜馬《はちぶてんりゅうば》は、

「大聖《たいせい》はなにをいいたいのだ。」

といった。

「べつに特別なことをいいたいわけではない。おれがここにいると、おまえはおれに、いろいろ根掘《ねほ》り葉掘《はほ》りききかれるんじゃないかって、いやな気持ちになるだろうし、自分ひとりでいたいんだろ。おれがいて迷惑《めいわく》なやつのところに、居《い》すわっているほど、おれだってひまじゃないってことだ。」

そういって、悟空《ごくう》はとんぼ返りをうち、觔斗雲《きんとうん》を起こした。そして、觔斗雲《きんとうん》の上から、

「じゃあな、玉竜《ぎょくりゅう》。気がむいたら、花果山《かかざん》に遊びにきてくれ。」

といって、飛びさろうとしたところで、八部天竜馬《はちぶてんりゅうば》に呼《よ》びとめられた。

「大聖《たいせい》。その頭にはまっている緊箍《きんこ》は、南海竜宮《なんかいりゅうぐう》の職人《しょくにん》が作ったにせの緊箍《きんこ》だそうだな。」

「ああ、そうだ。」

「どうして、そんなものをしているんだ。」

「どうしてって、せっかく敖欽《ごうきん》のやつが職人《しょくにん》に作らせてくれたんだし、東海竜王《とうかいりゅうおう》のと

ところにあったから、もらってきたんだ。まあ、ちょっとしたかざりだな。だれから聞いた。」

「伯父《おじ》の敖広《ごうこう》からだ。気に入っているようだな。」

「気に入らなくはない。」

「にせの緊箍《きんこ》は気に入っても、大聖《たいせい》は釈迦牟尼如来様《しゃかむににょらいさま》からいただいた名は気に入らぬそうだな。」

いったん空にむけた目を八部天竜馬《はちぶてんりゅうば》にもどすと、悟空《ごくう》はいった。

「それも敖広《ごうこう》がいったのか。べつに気に入るとか、気に入らないとか、そういうことじゃない。さっきもいったが、おれには来世《らいせ》はない。だから、来世名《らいせめい》など不要なのだ。べつに、来世名《らいせめい》をもらうために、お師匠様《ししょうさま》といっしょに天竺《てんじく》まで歩いていったわけじゃないしな。おまえの八部天竜馬《はちぶてんりゅうば》っていう新しい名は来世名《らいせめい》ではなく、現世《げんせ》の名として、天竺《てんじく》のおやじがおまえにつけたんだから、そのへんがちょっとちがうんだ。」

そういったとき、悟空《ごくう》は今までなにも思わなかったが、考えてみれば奇妙《きみょう》なことがあることに気づいた。それをいってみた。

「よう、玉竜《ぎょくりゅう》。おまえ、たとえば桜山《さくらやま》といったら、山で、山桜《やまざくら》といったら、桜《さくら》だろ。

玉竜《ぎょくりゅう》っていやあ、竜《りゅう》だよな。じゃあ、八部天竜馬《はちぶてんりゅうば》っていったら、竜《りゅう》っていうよりも馬だってことになるぞ。」

「そうだな。」

「そうだなって、おまえ。馬と竜《りゅう》じゃあ、どっちが格《かく》が上かっていえば、竜《りゅう》だろ。おまえ、名まえだけで考えたら、竜《りゅう》から馬に格《かく》さげになったみたいじゃないか。それでいいのか。」

「いい！」

といいはなってから、八部天竜馬《はちぶてんりゅうば》は水面に目をやり、小声でいいたした。

「それに、馬が竜《りゅう》よりも格下《かくした》だとは思わない。格上《かくうえ》か格下《かくした》かは、馬にもよるし、竜《りゅう》にもよる。それに、わたしは八部天竜馬《はちぶてんりゅうば》という名が気に入っているのだ。」

「へえ、気に入ってるのか。」

「ああ、そうとも。なんなら、天竜馬《てんりゅうば》から竜《りゅう》をとって、八部天馬《はちぶてんば》でもいい！　もっといってしまえば、八部馬《はちぶば》でもいい！」

八部天竜馬《はちぶてんりゅうば》はそういいきったが、どうも、馬というところに、八部天竜馬《はちぶてんりゅうば》がこだわっているように思える。そこで、悟空《ごくう》はひとおしししてみた。

「そうかなあ。馬なんて、人間を乗せたり、荷物をはこんだりで、竜《りゅう》にくらべたら、きれいでもないし、かっこうもよくない。おまえだって、馬でいたときより、今のほうがずっと見ばえがするぜ。」

「それは大聖《たいせい》が美しい馬を見たことがないからだ。いや、見ても気づかなかっただけだからだ。」

「おれが気づかなかったって、どこでだ?」

「天竺《てんじく》への旅の途中《とちゅう》、烏鶏国《うけいこく》でだ!」

といってから、八部天竜馬《はちぶてんりゅうば》ははっとしたように、悟空《ごくう》から目をそらした。

悟空《ごくう》は觔斗雲《きんとうん》を八部天竜馬《はちぶてんりゅうば》の顔のすぐ近くによせて、

「ははん。おまえが天竺《てんじく》から出奔《しゅっぽん》したわけはそのあたりにあるな。」

といった。

八部天竜馬《はちぶてんりゅうば》が首をめぐらせて、そっぽをむく。

悟空《ごくう》は觔斗雲《きんとうん》を旋回《せんかい》させ、八部天竜馬《はちぶてんりゅうば》の顔の正面につける。

「烏鶏国《うけいこく》の馬か……。」

そういって、悟空《ごくう》が八部天竜馬《はちぶてんりゅうば》の目をのぞきこむと、八部天竜馬《はちぶてんりゅうば》がまた顔をそむけた。そこをまた悟空《ごくう》は觔斗雲《きんとうん》を横すべりさせて、八部天竜馬《はちぶてんりゅうば》の目のまえによせる。

「おまえ、さっき、西の空を見てたよな。たしかに、ここからだと、烏鶏国《うけいこく》は西の方角になる。ふうん、烏鶏国《うけいこく》の馬か……。」

といったところで、悟空《ごくう》は烏鶏国《うけいこく》の太子が乗っていたまだら馬のことを思い出した。

あのとき、悟空《ごくう》は、玄奘三蔵《げんじょうさんぞう》のいる宝林寺《ほうりんじ》という寺に烏鶏国《うけいこく》の太子をおびきよせるため、白うさぎに化身して、馬に乗って狩《か》りをしていた太子のまえを走ったのだ。たしかにあの馬は特別だった。太子の家来たちの馬で、あれに追いつける馬はいなかった。

「思い出した。あのまだら馬か。たしかにあれは名馬だ。だが、いくら名馬だって、馬だからな。」

悟空《ごくう》がそういうと、八部天竜馬《はちぶてんりゅうば》はぐっと鼻の穴《あな》をひろげ、

「わたしも、あのときは馬だった!」

と怒《おこ》ったような口調でいった。

悟空《ごくう》はたずねた。

「あの馬、めすだったか?」

八部天竜馬《はちぶてんりゅうば》は答えない。

悟空《ごくう》はいった。

「答えないところを見ると、めす馬だったんだな。」

すると、八部天竜馬《はちぶてんりゅうば》はそれには答えず、

「めすとかおすとか、そういういいかたはやめろ。男とか女とかにしろ。」

といった。

「わかったよ。じゃあ、あれは女の馬だったんだな。」

悟空《ごくう》はそういいなおしたが、八部天竜馬《はちぶてんりゅうば》はやはり答えない。

「つまり、おまえが馬だったときに、烏鶏国《うけいこく》に女のいい馬がいて、そのことがおまえが天竺《てんじく》から出奔《しゅっぽん》したことにかかわりがあるってことだな。わかったよ。それじゃあ、また遊びにくるぜ。」

そういって、悟空《ごくう》が飛びたとうとすると、八部天竜馬《はちぶてんりゅうば》がふたたび悟空《ごくう》を呼《よ》びとめた。

「待て、大聖《たいせい》。どこにいくのだ。」

「どこって、ここにいるのがおまえの勝手とおなじで、おれがどこにいこうが、おれの勝手だ。だが、おれとおまえの仲だから、教えてやる。おれは今から高老荘《こうろうそう》にいく。」

「高老荘《こうろうそう》だと？」

「そうとも。高老荘《こうろうそう》には、八戒《はっかい》がいる。あいつはこういうことにくわしいんだ。」

「こういうこととは、どういうことだ。」

「とぼけるなよ。こういうことっていうのは男女のことさ。いやあ、あいつ、きっとおもしろがるぜ。おもしろがるだけじゃない。あれこれ、作り話をでっちあげて、長安にいるお師匠様《ししょうさま》や、ひょっとしたら、南海普陀落伽山《なんかいふだらくせん》の観音《かんのん》の野郎《やろう》のところまでいって、『ねえ、ねえ。ござんじでしたか？　八部天竜馬《はちぶてんりゅうば》のことですよ。あいつね……。』とかいって、すきかってなことをいいふらすかもだな。人の口には戸はたてられないっていうし、八戒《はっかい》は人じゃない。あのとおりの大口だ。あいつの口に立てるでっかい戸なんて、天竺《てんじく》にいってもないだろうな。じゃあな！」

といって、悟空《ごくう》が高く飛びたつふりをすると、

「待て！」

と声をあげ、八部天竜馬《はちぶてんりゅうば》が水中からぐっと首をのばした。

「待ってくれ、大聖《たいせい》！　わかった。わけを話すから、待ってくれ。」

「あ、そう。待ってくれって、たのまれちゃあ、しょうがない。待ってやるよ。」

そういって、悟空《ごくう》は觔斗雲《きんとうん》から川岸に跳《と》びおりたのだった。

四

芳泉《ほうせん》

おれもまた、こう見えても、いや、見たとおり、斉天大聖孫悟空様《せいてんたいせいそんごくうさま》だ！

孫悟空《そんごくう》がふたたび川岸にあぐらをかいてすわると、八部天竜馬《はちぶてんりゅうば》も人の背《せ》たけほどまで水上に顔をおろして、話しはじめた。

「烏鶏国《うけいこく》の太子の馬は芳泉《ほうせん》という名だ。なぜ名がわかったかというと、宝林寺《ほうりんじ》の庭で、あそこの僧《そう》たちがあの馬をそう呼《よ》んでいたからだ。あのとき、わたしも庭のすみにいて、芳泉《ほうせん》を見た。それで、なんというか、つまり、下世話な言葉でいうと、ひと目惚《めぼ》れというやつだ。芳泉《ほうせん》を見たのはそのときだけだ。天竺《てんじく》にいく途中《とちゅう》でなければ、すぐにまた会うこともできただろうが、なにしろこちらは玄奘三蔵様《げんじょうさんぞうさま》を天竺《てんじく》に乗せていく役目を観音菩薩様《かんのんぼさつさま》からおおせつかっている。天竺《てんじく》はまだまだ遠かったし、あのとおり、あのあとも、いろいろなことが待ちうけていた。それで、芳泉《ほうせん》に会いにいくなど、できるはずもなかった。」

それはそのとおりだろうと、悟空《ごくう》は思った。八戒《はっかい》ですら、旅の途中《とちゅう》、あんなに好きな女房《にょうぼう》の翠蘭《すいらん》のことをあまり口にしなかったくらいだ。

悟空《ごくう》がそう思っていると、八部天竜馬《はちぶてんりゅうば》は、

「それで、無事、玄奘三蔵様《げんじょうさんぞうさま》を天竺《てんじく》に送りとどけ、こうして、釈迦牟尼如来様《しゃかむににょらいさま》から、八部天竜馬《はちぶてんりゅうば》というありがたい名まえまでさずかり、体をきらびやかな金色にしていただき、仏法《ぶっぽう》の守護神《しゅごしん》のひとりにくわえていただいたのだが、そうなると、なんというか……。」

といって、言葉をとぎらせた。

悟空《ごくう》はいった。

「そんなにいそがしいわけでもないから、いろいろなことを考えるようになったってことか。」

八部天竜馬《はちぶてんりゅうば》はかすかにうなずいて、いった。

「そうなのだ。それで、あの烏鶏国《うけいこく》の芳泉《ほうせん》はどうしているだろうかと、たびたび思うようになって、そうなると、きゅうに会いたくなって……。」

「ははん、それで、こっそりぬけだして、会いにいったのか。」

「そうだ。」

「そのかっこうでか？　いくら芳泉《ほうせん》が名馬だといったって、馬だぞ。おまえみたいなきんきらきんのでっかい竜《りゅう》が出ていって、『やあ、芳泉《ほうせん》。わたしだよ、あの玉竜《ぎょくりゅう》だよ。おぼえてないかなあ。ほら、ずっとまえ、唐《とう》から天竺《てんじく》にいくお坊《ぼう》さんを乗せてた馬だよ。』なんていったって、食われると思って、逃《に》げるだろうよ。」

「大聖《たいせい》。わたしはこう見えても、いや、こう見えるように、八部天竜馬《はちぶてんりゅうば》だ。馬に化身することくらいはできる。烏鶏国《うけいこく》までは竜《りゅう》の姿《すがた》で飛んでいったが、ついてから馬に化身した。それで……。」

とそこまで八部天竜馬《はちぶてんりゅうば》がいったところで、悟空《ごくう》はそれをさえぎった。

「わかった。もとの白馬の玉竜《ぎょくりゅう》のかっこうで、芳泉《ほうせん》に会ったら、『あんたなんか知らないわよ。』なんていわれ、なにもかもいやになってしまったんだな。それで、天竺《てんじく》にももどらず、おやじの西海竜王《せいかいりゅうおう》のところにも帰らず、こんなところでふてくされているわけか。」

　すると、八部天竜馬《はちぶてんりゅうば》は大声で、

「そうではない！」

といいはなった。

声があまりにも大きいので、しずかに流れていた川の水面に波が立ったほどだった。

八部天竜馬《はちぶてんりゅうば》はつづけていった。

「芳泉《ほうせん》は見つからなかったのだ。烏鶏国《うけいこく》、それからまわりの国々もくまなくさがしたが、芳泉《ほうせん》はいなかった。」

「それなら、烏鶏国《うけいこく》の太子にきいてみればよかったじゃないか。あの太子はおれとも会っているし、あのとき、いろいろなことを見てるから、馬がしゃべったくらいでは、驚《おどろ》かぬだろうよ。」

すると、八部天竜馬《はちぶてんりゅうば》はいくらか間《ま》をおいて、いった。

「大聖《たいせい》。二度もいって悪いが、わたしは見たとおり、八部天竜馬《はちぶてんりゅうば》だ。馬にだけではない。人にも化身できる。まあ、あのときの白馬のほうがわかってもらいやすいと思い、太子が庭に出てくるのを待って、白馬の姿《すがた》で会い、きいてみた。そうしたら、わたしたちが天竺《てんじく》に旅立ったあと、しばらくして、芳泉《ほうせん》は城内《じょうない》で姿《すがた》を消してしまったというのだ。厩番《うまやばん》がちょっと目をはなしたすきにらしい。その厩番《うまやばん》にも話をきいた。もちろん、厩番《うまやばん》と会ったときは、人間の姿《すがた》でだ。すると、やはり、太子のいったとおりだった。ある朝、城内《じょうない》の庭にはなしたら、それきりどこへいったやら、いなくなってしまったというのだ。なにしろ、太子の馬だ。厩番《うまやばん》だけではなく、家来たちが八方手をつくしてさがしたが、見つからなかったのだ。庭に入りこんだ狼《おおかみ》にでも食われたのかと、死骸《しがい》をさがしたが、馬《うま》の骨《ほね》ひとつ、毛一本、血のあとすらも見つからなかったというのだ。」

なにものこらなかったのなら、食われたというより、ひとのみにのみこまれたのかもしれない。馬をのみこめるやつといえば、いちばん先に思いうかぶのは竜《りゅう》だ。この八部天竜馬《はちぶてんりゅうば》だって、この川で、お師匠様《ししょうさま》の馬をのみこんでしまったではないか。

悟空《ごくう》はそう思ったが、そんなことをここでいうことはないと思い、だまっていた。

八部天竜馬《はちぶてんりゅうば》は小さなため息をついてから、話をつづけた。

「わけはわからぬが、きっと芳泉《ほうせん》は城《しろ》を出て、どこかへ旅立ってしまったのだ。この広い世界で人をひとりさがすのですら、たいへんなのだ。まして、口のきけない馬をさがしだすのは容易《ようい》ではない。それに、あのとき死んだのではなくても、もうずいぶんまえのことだ。すでに死んでいるかもしれない。だとすれば、芳泉《ほうせん》には現世《げんせ》ではもう会えない。わたしは竜《りゅう》だから、不老不死ではないが、それでも人間や馬にくらべれば、寿命《じゅみょう》ははるかに長い。そのあいだに、芳泉《ほうせん》が生まれかわってくることもあるだろう。だが、芳泉《ほうせん》がおなじかっこうの馬で生まれかわるとはかぎらない。そんなことはめったにおこらないのだ。たいていは、ちがうものの姿《すがた》になって、生まれかわってくる。そうなったときは、芳泉《ほうせん》がわたしのことをわからないだけではなく、わたしもまた、芳泉《ほうせん》がわからないだろう。」

「それはそうだ。だから、おれはまえから、来世《らいせ》なんかに、どんな意味があるのかと思ってるんだ。」

悟空《ごくう》はそういったが、八部天竜馬《はちぶてんりゅうば》は来世《らいせ》の意味について話す気はなく、それより現《げん》世《せ》のことがいいたいらしかった。

八部天竜馬《はちぶてんりゅうば》はいった。

「もう二度と芳泉《ほうせん》に会えないとすれば、いったい、この世に生きていることに、どれだけの価値《かち》があるというのだ。」

「だけど、おまえ。かりに芳泉《ほうせん》に会えたとして、会って、どうするのだ。」

八部天竜馬《はちぶてんりゅうば》の顔を見あげて、悟空《ごくう》がたずねると、八部天竜馬《はちぶてんりゅうば》はあたりまえのように、

「べつにどうもしない。ただ会いたいのだ。」

といいきった。

「それだけか？　ただ会えればいいのか。」

「そうだ。」

「ほんとうかなあ。会えば、話くらいしたくなるんじゃないか。」

悟空《ごくう》がそういうと、八部天竜馬《はちぶてんりゅうば》はしばらくだまっていたが、やがてぽつりといった。

「話くらいしたくなるかもしれない。」

「話だけか？」

悟空《ごくう》がつっこんできくと、八部天竜馬《はちぶてんりゅうば》はだまりこんでしまった。

そろそろ夕焼けがはじまる西の空を見ながら、悟空《ごくう》は立ちあがった。

八部天竜馬《はちぶてんりゅうば》がいった。

「帰るのか。帰るのはいいが、今の話はだれにもいうなよ。」

「わかってるって、お師匠様《ししょうさま》や八戒《はっかい》にいったり、おまえの親類にしゃべったりはしないから、安心しろ。」

といってから、悟空《ごくう》はとんぼ返りをうった。そして、觔斗雲《きんとうん》に跳《と》びのると、今度は八《はち》部天竜馬《ぶてんりゅうば》を見おろして、いった。

「おれがさがしにいってきてやる。」

「ほ、ほんとうか……？」

西からさしこむ太陽の光に、八部天竜馬《はちぶてんりゅうば》は目をかがやかせた。

「だが、芳泉《ほうせん》がまだ生きているとはかぎらない。おまえ、もし、芳泉《ほうせん》がどこかで、妖怪《ようかい》とかに食われてしまっていたら、あきらめて、食ったやつのことをうらまないって、そう約束するか。約束するなら、おれがさがしにいってきてやる。もし、死んでいたら、そのことをたしかめてきてやる。」

一瞬《いっしゅん》かがやいた八部天竜馬《はちぶてんりゅうば》の目がふたたびかげった。

「大聖《たいせい》。ひょっとして、芳泉《ほうせん》を食ったやつに、心あたりがあるのか。」

「そういうわけでもないが、おまえの知っているとおり、おれは妖怪《ようかい》とか、そういうやつらに知り合いが多い。昔なじみで、おれおまえのつきあいをしているやつだっている。おまえが芳泉《ほうせん》のことを好きだなんて、それこそお釈迦様《しゃかさま》でもごぞんじあるめえってやつで、そいつだって、食っちまったんなら、知らずに食ったにちがいない。だとしたら、そいつにあれこれ文句《もんく》をいうわけにもいかないからなあ。」

悟空《ごくう》はそういってから、

「まあ、死んだともかぎらない。生きていれば、見つかるだろうよ。おれはな、天竺《てんじく》から帰ってきて、人さがしがうまくなったんだ。馬はさがしたことはないがな。」

「人さがしより、馬さがしのほうがむずかしかろう。生きていたとしても、見つかるだろうか。」

そういって、うつむいた八部天竜馬《はちぶてんりゅうば》の顔近くに觔斗雲《きんとうん》をよせ、悟空《ごくう》は八部天竜馬《はちぶてんりゅうば》の銀色のひげをつかみ、軽く引っぱった。そして、その顔を自分のほうにむけさせて、いった。

「さっき、おまえ、『わたしは見たとおり、八部天竜馬《はちぶてんりゅうば》だ。』っていったよな。じゃあ、おれの顔をしっかり見ろ。」

八部天竜馬《はちぶてんりゅうば》が顔をあげたところで、悟空《ごくう》は、

「おれもまた、こう見えても、いや、見たとおり、斉天大聖孫悟空様《せいてんたいせいそんごくうさま》だ!」

といいはなち、投げすてるように、八部天竜馬《はちぶてんりゅうば》のひげを手からはなした。

西の空に飛びたつと、真正面からくる太陽の光がまぶしかった。

五

水晶竜王《すいしょうりゅうおう》

そこだよ、おれも妙《みょう》だと思うのは。いったい、どうする気なんだろうなあ。ただ会って話がしたいだけだなんていっているが……。

かつて天竺《てんじく》にいく途中《とちゅう》、孫悟空《そんごくう》たちが烏鶏国《うけいこく》をとおりがかったとき、ひとりの幽鬼《ゆうき》が玄奘三蔵《げんじょうさんぞう》の夢《ゆめ》にあらわれ、自分は烏鶏国《うけいこく》の城内《じょうない》にある瑠璃井《るりせい》という井戸《いど》に落とされ、幽鬼《ゆうき》になった者だといい、自分をそんな目にあわせたのはひとりの道士であり、その道士は今、自分に化けて、国王になりすましているから、その者の化けの皮をはがしてくれといったのだ。

悟空《ごくう》は猪八戒《ちょはっかい》に瑠璃井《るりせい》から国王の遺体《いたい》をはこびださせ、天界の太上老君《たいじょうろうくん》のところからもらってきた九転環魂丹《きゅうてんかんこんたん》で、国王を生きかえらせた。事件《じけん》は解決《かいけつ》され、国王はもとの地位についた。ところが、国王に化けていた道士は道士ではなく、なんと、文殊菩《もんじゅぼ》薩《さつ》の青獅子《あおじし》だったのだ。その三年前に、文殊菩薩《もんじゅぼさつ》が旅人に化けて烏鶏国《うけいこく》にきたとき、国王のあつかいが悪かったとかで、罰《ばつ》として、国王は三年間の水難《すいなん》を受けて、瑠璃井《るりせい》にとじこめられていたのであり、すべては、天竺《てんじく》の釈迦牟尼如来《しゃかむににょらい》の考えでおこなわれたことだった……、というのがそのときのいきさつだった。

八部天竜馬《はちぶてんりゅうば》とわかれ、悟空《ごくう》がむかったのは烏鶏国《うけいこく》だが、悟空《ごくう》には、芳泉《ほうせん》がどこでどうなってしまったのか、おおよその見当はついていた。

おそらく、芳泉《ほうせん》の失踪《しっそう》には、国王がとじこめられていた瑠璃井《るりせい》がかかわっているのだ。

あのとき、八戒《はっかい》は瑠璃井《るりせい》の底にある水晶宮《すいしょうきゅう》という竜宮《りゅうぐう》にいき、そこの竜王《りゅうおう》に会って、国王の遺体《いたい》を引きとってきた。八戒《はっかい》がいうには、水晶宮《すいしょうきゅう》の竜王《りゅうおう》は悟空《ごくう》のことも八戒《はっかい》のことも知っていたという。瑠璃井《るりせい》は烏鶏国《うけいこく》の城《しろ》の庭にあり、底が水晶宮《すいしょうきゅう》という竜宮《りゅうぐう》につながっている。そして、芳泉《ほうせん》はその城《しろ》の庭でいなくなったのだ。

悟空《ごくう》の觔斗雲《きんとうん》はひと飛び十万八千里だ。悟空《ごくう》が烏鶏国《うけいこく》の城《しろ》の庭にある瑠璃井《るりせい》のそばで觔斗雲《きんとうん》から跳《と》びおりたとき、まだ日は暮《く》れきっていなかった。ひとまず、国王や太子、それから厩番《うまやばん》に会って、芳泉《ほうせん》がいなくなったときのことをきいてもよかったのだが、悟空《ごくう》がきたことがわかれば、たちまち歓迎《かんげい》の宴《うたげ》がひらかれ、芳泉《ほうせん》さがしがそれだけおそくなる。

悟空《ごくう》は、もし、水晶宮《すいしょうきゅう》の竜王《りゅうおう》に会っても、芳泉《ほうせん》のゆくえがわからなければ、そのときに国王たちに会おうと思った。

悟空《ごくう》は印をむすび、呪文《じゅもん》をとなえると、閉水《へいすい》の術《じゅつ》を使って、井戸《いど》に跳《と》びこんだ。閉《へい》水《すい》の術《じゅつ》を使えば、水の中でも息ができるし、自由に動ける。

瑠璃井《るりせい》は思ったよりも深かったが、底につくと、門額《もんがく》に水晶宮《すいしょうきゅう》と書かれた門があった。門の左右には、水の中でも消えない竜宮火《りゅうぐうび》のかがり火がたかれ、なまず顔の番兵がふたり立っていた。ふたりとも矛《ほこ》を持っている。

悟空《ごくう》がきたのを見て、そのうちのひとりが、

「だれだ!」

と声をあげた。

その番兵に悟空《ごくう》は顔をぐっと近づけ、

「おれだ。」

といって、門をくぐろうとした。すると、その番兵は、

「だれだときいているのだ。かってに中に入るな。許《ゆる》さんぞ!」

といって、矛《ほこ》の先を悟空《ごくう》にむけた。その矛《ほこ》の先の刃《は》を悟空《ごくう》はむんずとつかむと、もうひとりの番兵が大声でさけんだ。

「狼藉者《ろうぜきもの》だーっ！」

悟空《ごくう》は、こういう出むかえかたをされるのはひさしぶりで、なんだかうれしくなってしまった。

「これはこれは、闘戦勝仏様《とうせんしょうぶつさま》、ようこそおいでくださいました。」

などといわれるよりは、はるかにいい。

悟空《ごくう》はつかんでいた矛《ほこ》の刃《は》をにぎりつぶした。

悟空《ごくう》の手からバラバラと刃《は》の破片《はへん》がおちる。

それを見て、矛《ほこ》をつきあげてきた番兵がその矛《ほこ》を捨《す》て、腰《こし》から剣《けん》をぬいた。もうひとりの番兵はぐっと腰《こし》をおとし、矛先《ほこさき》を悟空《ごくう》にむけてきた。

殺してしまってはかわいそうだし、それに、あとがめんどうだ。こんないなかの竜《りゅう》宮《ぐう》の竜《りゅう》でも、東海竜王敖広《とうかいりゅうおうごうこう》とはどこかで血がつながっているだろう。親戚《しんせき》の家来が殺されたら、敖広《ごうこう》だって、いい気はすまい。ぶちのめして、いかにも自慢《じまん》そうにはやしている長いひげをひっこぬくくらいにしておこう。

悟空《ごくう》がそう思って、両手をパンパンとはたき、手の中の刃《は》の破片《はへん》をはらいおとしたとき、門の中から、鯉顔《こいがお》の男が十人ほどの兵をひきつれ、

「狼藉者《ろうぜきもの》はどこだーっ！」

と叫《さけ》びながら出てきた。腰《こし》にさげている剣《けん》の柄《つか》の作りがいくらかりっぱだ。おそらく、隊長なのだろう。

鯉顔《こいがお》の男は威勢《いせい》よく出てきたが、そこで悟空《ごくう》の顔を見ると、

「あっ！」

と声をあげ、その場でひれふしてしまった。

ふたりの番兵はあっけにとられ、鯉顔《こいがお》の男をながめている。

あとから出てきた兵士たちも、なにが起こったのかわからず、やはり、あっけにとられ、立ちつくしている。

鯉顔《こいがお》の兵士が地面に顔をこすらんばかりにして、いった。

「これはこれは、闘戦勝仏様《とうせんしょうぶつさま》。いや、斉天大聖様《せいてんたいせいさま》。ようこそおいでくださいました。」

それを聞いて、番兵もあとからきた兵士も、いっせいに、

「えーっ！」

と声をあげ、鯉顔《こいがお》の男のうしろで平伏《へいふく》した。

だれかが、鯉顔《こいがお》の男のうしろで、

「隊長。これがあの天竺《てんじく》に……。」

とささやいたところをみると、やはり鯉顔《こいがお》の男は隊長なのだ。

鯉顔《こいがお》の隊長はうしろの兵士に、

「しっ！」

といってから、

「ようこそ、おいでくださいました。闘戦勝仏様《とうせんしょうぶつさま》。いや、斉天大聖様《せいてんたいせいさま》。このたびは無事に天竺《てんじく》からお帰りとうかがっており……。」

とひとまず歓迎《かんげい》の言葉らしいものをいいはじめた。そこで、悟空《ごくう》はそれをさえぎって、いった。

「おまえ。おれのことを知っているとは、そこにいるなまずの番兵よりはちょっとはましなようだな。『闘戦勝仏様《とうせんしょうぶつさま》。いや、斉天大聖様《せいてんたいせいさま》。』などと、わざわざいいなおすところをみると、おれが、天竺《てんじく》のおやじがつけた名まえで呼《よ》ばれるのをいやがっていることを知っているからだろう。知ってはいても、あのおやじがつけた名だから、一度はそう呼《よ》ばないとまずい、とそういうことか。おおかた、敖広《ごうこう》のやつが竜宮《りゅうぐう》という竜《りゅう》宮《ぐう》ぜんぶに回状《かいじょう》でもまわし、知らせたのだろう。」

隊長はそれには答えず、顔をあげて、

「中にお入りください。ご案内いたします。」

といい、近くの兵士に、

「大聖様《たいせいさま》がいらしたと、竜王様《りゅうおうさま》におつたえしろ！」

と命じた。

命じられた兵士が立ちあがり、かけ足で奥《おく》に去っていく。

東海竜王《とうかいりゅうおう》の竜宮《りゅうぐう》とはくらべものにはならないが、それでも竜宮《りゅうぐう》は竜宮《りゅうぐう》だ。手入れをされた庭の奥《おく》に屋敷《やしき》があり、屋敷《やしき》を回廊《かいろう》がかこんでいる。回廊《かいろう》には赤い手すりがある。階段《かいだん》を何段《だん》かのぼると、そこが広間になっている。その階段《かいだん》からそそくさとおりてきた男がここの竜王《りゅうおう》だろう。顔は青と緑のまだらの竜《りゅう》だが、体は人間で、長いきらびやかな錦《にしき》の衣《ころも》をつけている。

「これはこれは、闘戦勝仏様《とうせんしょうぶつさま》いや、斉天大聖様《せいてんたいせいさま》。水晶宮《すいしょうきゅう》の主人、水晶竜王敖泉《すいしょうりゅうおうごうせん》でございます。ようこそいらっしゃいました。」

そういって自己紹介《じこしょうかい》した水晶竜王《すいしょうりゅうおう》の横をとおり、悟空《ごくう》は広間にあがる階段《かいだん》に腰《こし》かけた。

それを見て、水晶竜王《すいしょうりゅうおう》は、

「そんなところではなく、広間におあがりください。」

といったが、悟空《ごくう》が、

「ここでいい。」

というと、悟空《ごくう》のまえ、珊瑚《さんご》の砂利《じゃり》がしきつめられた地面に、立てひざをついた。そして、

「茶の用意をさせておりますので、しばらくお待ちください。」

といった。

悟空《ごくう》は腕《うで》をくんで、いった。

「茶を飲みにきたんじゃない。じつは、おまえにききたいことがあってきた。」

水晶竜王《すいしょうりゅうおう》は神妙《しんみょう》な顔でいった。

「ききたいこととは、いったいどのようなことでございましょうか。」

「じつは、馬を一頭、さがしているのだ。」

「馬でございますか。」

「そうだ。正直にいえば、とがめだてはしない。おまえ、馬を食ったか？」

ひょっとして、自分がなにかを聞きちがえたのかもしれないと思ったようだ。水晶《すいしょう》竜王《りゅうおう》は、

「馬をでございますか？」

といって、いぶかしそうに悟空《ごくう》の顔を見た。

おびえると、ほんとうのことをいわなくなる。

悟空《ごくう》は、なるべく水晶竜王《すいしょうりゅうおう》がおびえないように、おだやかな口調でいった。

「そうだ。馬が一頭、いなくなってな。おれが師匠《ししょう》や弟弟子《おとうとでし》たちと烏鶏国《うけいこく》に立ちよったあとすぐのことだ。烏鶏国《うけいこく》の太子の馬が消えたように、いなくなったのだ。事情《じじょう》があって、おれはその馬をさがしている。馬一頭、あとかたもなく、消えたとすれば、狼《おおかみ》などにおそわれたのではないだろう。食ったやつがいるとすれば、竜《りゅう》にちがいない。いなくなった場所からいちばん近いところにいる竜《りゅう》はおまえだからな。ありていにいえば、おまえが食ったんじゃないかと思ってるんだ。だが、さっきもいったように、もし、おまえが食ってしまっていても、とがめだてはしない。なんだか知らんが、

竜《りゅう》っていうやつは腹《はら》がへると、馬をのみこむようだしな。おれはその馬がどうなったか知りたいのだ。」

「正直にもうしあげますが、わたしは生涯《しょうがい》に一度も馬を食したことはございません。むろん、妻《つま》も竜《りゅう》でございますが、わたしの知るかぎり、そのようなことはしないでしょう。ところで、その馬はなんという名なのです。」

「芳泉《ほうせん》というのだ。」

悟空《ごくう》が答えると、水晶竜王《すいしょうりゅうおう》は長いひげをピクリと動かしてから、いった。

「ひとつおたずねしたいのですが、大聖様《たいせいさま》はなぜその馬のことで、ここにいらしたのでしょう。」

「くわしいことはいえないのだが、その芳泉《ほうせん》っていう馬に会いたがっているやつがいるんだ。もし、芳泉《ほうせん》が死んでしまっていたら、どこそこで、こういうふうに死んだって、そう教えてやれば、あきらめると思う。それで、おれがしらべているってわけだ。」

「ひょっとすると、そのおかたは栴檀功徳仏様《せんだんくどくぶつさま》でしょうか。」

「ちがう、ちがう。師匠《ししょう》はその馬のことなどおぼえちゃいないし、ひょっとして、見

てもいないかもしれない。師匠《ししょう》じゃない。」

「では、もしその馬が生きていたら、どうなさるおつもりでしょうか。」

「そこだよ、おれも妙《みょう》だと思うのは。いったい、どうする気なんだろうなあ。ただ会って話がしたいだけだなんていっているが……。」

悟空《ごくう》がそういって、言葉をにごすと、水晶竜王《すいしょうりゅうおう》は、

「その馬と会っても、乱暴《らんぼう》なことはしないと、お約束していただけますか。」

といった。

「そんなことをいうところをみると、芳泉《ほうせん》は生きているのだな。いったい、どこにいるのだ。」

おもわず前のめりになった悟空《ごくう》に、水晶竜王《すいしょうりゅうおう》は念をおした。

「乱暴《らんぼう》はしないとお約束していただけますか。」

「ああ、約束する。そんなことはおれもしないし、芳泉《ほうせん》に会いたがっているやつにもさせない。というか、そいつはたのまれても、そんなことはしないだろうよ。」

「それなら、お答えいたします。」

といってから、水晶竜王《すいしょうりゅうおう》は答えた。

「ここにおります。」

「ここ?」

「さようでございます。ここでございます。」

「ここって、おれがさがしているのは馬だ。魚じゃない……。」

といってから、悟空《ごくう》ははっと気づいた。

この水晶竜王《すいしょうりゅうおう》はさっき、敖泉《ごうせん》と名のった。馬の名は芳泉《ほうせん》だ。どちらも泉《いずみ》がつく。敖《ごう》泉《せん》の顔は青と緑のまだらだ。芳泉《ほうせん》もまだら馬だった。

「ひょっとして、芳泉《ほうせん》の正体は竜《りゅう》で、しかも、おまえの……。」

悟空《ごくう》がそこまでいうと、水晶竜王《すいしょうりゅうおう》は、

「わたくしの娘《むすめ》でございます。」

といった。

「芳泉《ほうせん》は竜《りゅう》だったのか。どうりで、足が速く、疲《つか》れを知らないはずだ。しかし、なんだって、おまえの娘《むすめ》が太子の馬になっていたのだ。」

「はい。芳泉《ほうせん》はおてんば娘《むすめ》でございまして、人間の世界で暮《く》らしてみたいなどともうしてきかないものですから、わたしが馬に化身させて、地上に出したのです。もとは竜《りゅう》ですから、馬になれば、この上ない名馬になるにきまっております。それで、すぐに烏鶏国《うけいこく》の太子の馬になったのです。じつをもうせば、その少しまえに、ごぞんじでもございましょうが、わたしは烏鶏国《うけいこく》の王の体をあずかっておりまして、娘《むすめ》が太子の馬になっておれば、烏鶏国《うけいこく》のことも耳に入ってきやすく、都合がよかったのでございます。それで、大聖様《たいせいさま》たちが烏鶏国《うけいこく》においでになり、国王がもとどおり国王になりまして、大聖様《たいせいさま》たちが旅立たれますと、しばらくして芳泉《ほうせん》はここに帰ってまいりました。ところが、わたしが馬から竜にもどしてやると、この竜宮《りゅうぐう》のおくにとじこもり、ろくろく話もしないようになってしまったのです。親としても心配ではありますが、なにをきいても、答えません。そのようなことでございますから、どなたが芳泉《ほうせん》に会いたがっておられるのかぞんじませんが、かりにここにいらしても、芳泉《ほうせん》が会おうとするかどうか、わかりません。」

水晶竜王《すいしょうりゅうおう》はそういってから、あわてて、いいたした。

「もちろん、大聖様《たいせいさま》がどうしてもとおっしゃるなら、首に縄《なわ》をつけてでも、芳泉《ほうせん》をそのかたのところにつれてまいりますが……。」

「いや、そこまでしてもらわなくていい。とにかく、芳泉《ほうせん》は馬ではなく、おまえの娘《むすめ》で、ここにいるんだな。会いたがっているやつに、そう伝える。」

悟空《ごくう》がそういったとき、鮒顔《ふながお》の女官《にょかん》が茶を持ってきた。

悟空《ごくう》は立ちあがり、その茶をひと飲みにして、茶碗《ちゃわん》をかえした。

「じゃあ、帰る。」

悟空《ごくう》がもときたほうに帰ろうとすると、水晶竜王《すいしょうりゅうおう》は、

「あ、そちらは裏門《うらもん》でございます。表門はこちらで。」

といって、さきに立って歩きだした。

水晶竜王《すいしょうりゅうおう》に案内され、裏門《うらもん》よりいくらか大きい表門から出て、上にあがっていくと、広い湖に出た。

「ここは烏鶏国《うけいこく》の城《しろ》の裏手《うらて》にある湖でございます。」

水晶竜王《すいしょうりゅうおう》がそういったところで、悟空《ごくう》は水上に跳《と》びあがり、とんぼ返りをうった。

そして、たちまち起こった觔斗雲《きんとうん》に跳《と》びのると、いつのまにか竜《りゅう》の姿《すがた》になっている水《すい》晶竜王《しょうりゅうおう》を見おろして、

「じゃあな。水晶竜王《すいしょうりゅうおう》。」

と声をかけ、水晶竜王《すいしょうりゅうおう》のへんじも待たず、蛇盤山鷹愁澗《だばんさんおうしゅうかん》にむかった。

ふりむくと、水晶宮《すいしょうきゅう》の表門につながっている湖は赤く夕日にそまっていた。

その夕日を見て、悟空《ごくう》は思った。

東海竜王《とうかいりゅうおう》のところの茶もうまいが、水晶竜王《すいしょうりゅうおう》の茶もなかなかだったな。どうして竜宮《りゅうぐう》の茶はうまいのだろう。だいたい、竜宮《りゅうぐう》で茶がとれるのだろうか……。

六

病気

しかし、芳泉《ほうせん》が竜宮《りゅうぐう》にとらえられているとは、好都合だ。
そこの竜王《りゅうおう》にかけあって、芳泉《ほうせん》をときはなさせてやる！

孫悟空《そんごくう》が蛇盤山鷹愁澗《だばんさんおうしゅうかん》の上空にもどったとき、ちょうど西の空に太陽がしずみきった。

見おろすと、川の中ほどで、水の中から腕《うで》のつけねあたりまで体を出して、八部天《はちぶてん》竜馬《りゅうば》がこちらを見ている。悟空《ごくう》が去ってからずっと、そこにいたのだろう。

悟空《ごくう》が觔斗雲《きんとうん》を八部天竜馬《はちぶてんりゅうば》の顔のまえまでおろすと、暗くなりかけた空がいきなり明るくなった。東の空に月が出たのだ。

八部天竜馬《はちぶてんりゅうば》の体が黄金にかがやく。体だけではなく、目が期待にかがやいているのがわかる。だが、それはもちろん月光のせいではない。

悟空《ごくう》はまず、

「いってきたぞ。」

といい、一拍《ぱく》おいて、いった。

「かわいそうだが、芳泉《ほうせん》という馬はいなかった。」

とたんに八部天竜馬《はちぶてんりゅうば》の目が暗くなる。

「そうか。やはり死んでいたか……。」

とうつむいた八部天竜馬《はちぶてんりゅうば》に、悟空《ごくう》はいった。

「そうはいってない。おれは、芳泉《ほうせん》という馬はいなかったといっただけだ。そういう馬はいなかったが、かわりにおなじ名の竜《りゅう》ならいるようだ。」

八部天竜馬《はちぶてんりゅうば》が顔をあげた。

「竜《りゅう》ならいるとは、どういうことだ。」

「まあ、かんたんにいうと、烏鶏国《うけいこく》の太子の馬はだな、馬ではなく、竜《りゅう》だったのだ。竜《りゅう》が馬に化けていたんだ。おまえと同じだ。」

悟空《ごくう》がそういうと、八部天竜馬《はちぶてんりゅうば》は悟空《ごくう》にぐっと顔をよせてきた。

「それで、芳泉《ほうせん》は今、どこにいるんだ。」

「水晶宮《すいしょうきゅう》という竜宮《りゅうぐう》だ。烏鶏国《うけいこく》の瑠璃井《るりせい》や、近くの湖につながっている。ほら、おれたちがいったとき、あそこの国王がとじこめられていた竜宮《りゅうぐう》だ。」

「そうか。水晶宮《すいしょうきゅう》か……。」

と、いかにも知っている場所のように、八部天竜馬《はちぶてんりゅうば》がいったので、悟空《ごくう》はたずねた。

「おまえ、水晶宮《すいしょうきゅう》にいったことがあるのか。」

「ない！」

といいきってから、八部天竜馬《はちぶてんりゅうば》はいった。

「そんなところに、竜宮《りゅうぐう》があったことも忘《わす》れていた。べつに家柄《いえがら》を自慢《じまん》するわけではないが、おれは西海竜王敖閏《せいかいりゅうおうごうじゅん》の子だぞ。そんな、いなかの竜宮《りゅうぐう》などに、いったことがあるわけないではないか。」

「なんだ、おまえ、やっぱり家柄《いえがら》を自慢《じまん》してるじゃないか。」

悟空《ごくう》はそういったが、八部天竜馬《はちぶてんりゅうば》はそれには答えず、

「しかし、芳泉《ほうせん》が竜宮《りゅうぐう》にとらえられているとは、好都合だ。そこの竜王《りゅうおう》にかけあって、芳泉《ほうせん》をときはなさせてやる！」

と威勢《いせい》よくいった。

悟空《ごくう》はいった。

「おまえがかけあうのは勝手だが、いなか竜王《りゅうおう》とか、ときはなさせるとか、そういうふうないいかたは、このさい、よしておいたほうがいいと思うぜ。」

「なぜだ。」

「なぜって、おまえ。だれが芳泉《ほうせん》がとらえられているなんていったよ。」

「あの芳泉《ほうせん》がそんないなか竜宮《りゅうぐう》にいるはずはない。いるとすれば、いやらしいいなか竜王《りゅうおう》にとらえられているにきまっている。」

そういって息まく八部天竜馬《はちぶてんりゅうば》の鼻さきに手をやって、悟空《ごくう》はいった。

「おまえ、ほんとうに鼻息があらくなっているぞ。鼻息があらいのはかまわないが、おまえ、水晶宮《すいしょうきゅう》にいく気か？」

悟空《ごくう》の手を鼻先ではらいのけて、八部天竜馬《はちぶてんりゅうば》がいいはなった。

「当然だ。芳泉《ほうせん》を救いだしにいく。水晶宮《すいしょうきゅう》の竜王《りゅうおう》がこちらのいうことをすなおにきけばよいが、きかなければ、そんないなか竜宮《りゅうぐう》はひねりつぶしてやる！」

「そんなことをしたら、病気の芳泉《ほうせん》がかわいそうだ。」

「なんだと？　芳泉《ほうせん》は病気なのか？」

「そうらしい。竜宮《りゅうぐう》の奥《おく》にとじこもって、出てこないらしい。」

「それは、とらえられているからではないのか。」

「ちがうと思うな。」

「なぜだ。」

「なぜって、おまえ、水晶宮《すいしょうきゅう》の竜王《りゅうおう》は芳泉《ほうせん》のおやじだからだ。」

「えーっ！」

と声をあげて、八部天竜馬《はちぶてんりゅうば》がのけぞったものだから、川の水が波立って、悟空《ごくう》の顔にしぶきがかかった。

悟空《ごくう》はそのしぶきを手でぬぐって、いった。

「水晶宮《すいしょうきゅう》の竜王《りゅうおう》は敖泉《ごうせん》といって、青と緑のまだらの竜《りゅう》だ。だから、きっと、芳泉《ほうせん》もまだらの竜《りゅう》なんだろうな。馬だったとき、まだら馬だったしな。」

「まだらの竜《りゅう》か。馬だったときにあのように美しかったのだから、竜《りゅう》であれば、どれほどきれいだろうか……。」

とつぶやくようにいって、八部天竜馬《はちぶてんりゅうば》が暗い西の空を見あげた。それから、思い出したようにいった。

「それで、芳泉《ほうせん》はどんな病気なのだ。かなり悪いのか。」

「さあ、わからんなあ。おまえ、じぶんで見舞《みま》いにでもいってくればいいだろ。その体じゃあ、瑠璃井《るりせい》からは入りにくいだろうが、城《しろ》のそばの湖からなら入れるだろ。」

「だが、わたしなどが見舞《みま》いにいったら、迷惑《めいわく》ではないだろうか。」

そういって、水面に目をおとした八部天竜馬《はちぶてんりゅうば》の大きな顔をしみじみと見てから、悟《ご》空《くう》はいった。

「おまえ、さっき、なんていった？『芳泉《ほうせん》が竜宮《りゅうぐう》にとらえられているとは、好都合だ。その竜王《りゅうおう》にかけあって、芳泉《ほうせん》をときはなさせてやる！』とかいって、息まいてたよな。」

「いや、それは、水晶宮《すいしょうきゅう》の竜王《りゅうおう》が芳泉《ほうせん》の父親だとは知らなかったし、芳泉《ほうせん》がとらえられていると思いこんだからだ。芳泉《ほうせん》が竜王《りゅうおう》の娘《むすめ》で、しかも病気ということになると、事情《じじょう》はちがってくる。」

「まあ、いいや。あとはおまえがいいようにすればいい。おまえのたのみはきいてやったからな。おれは帰る。」

悟空《ごくう》はそういってから、もうひとつのたのまれごとを思い出して、たずねた。

「あ、そうだ。恵岸行者《えがんぎょうじゃ》には、なんていおうか。」

すると、八部天竜馬《はちぶてんりゅうば》はぐっと胸《むね》をそらして答えた。

「大聖《たいせい》が見たとおり、聞いたとおりのことをいってくれ。」

「おまえがいなかの竜《りゅう》の娘《むすめ》に熱をあげてるってことも、いっていいのか。」

「かまわない。べつにかくすことではない。」

「芳泉《ほうせん》が生きていて、しかも、竜《りゅう》だとわかったとたん、おまえ、ずいぶん元気になったな。だけど、それを聞いて、恵岸行者《えがんぎょうじゃ》が、けしからんとかなんとかいって、怒《おこ》ったらどうする気だ。」

「どうもこうもあるものか。あのおかたの力はなみなみならぬが、どうしてもわたしをつれもどすとおっしゃるのであれば、わたしにも考えがある。この身が千万の骨《ほね》と肉にくだかれるまで、戦いぬく！」

八部天竜馬《はちぶてんりゅうば》がまたもや鼻息をあらくした。そして、あきれた悟空《ごくう》が飛び去ろうと、觔斗雲《きんとうん》の上で腰《こし》をおとすと、悟空《ごくう》を呼《よ》びとめた。

「待ってくれ、大聖《たいせい》。芳泉《ほうせん》の病気はなんだと思う？　病気がわかれば、天界へでもどこへでもいって、薬をもらってくる。そうすれば、水晶宮《すいしょうきゅう》にたずねてもいきやすい。いったい、芳泉《ほうせん》の病気はなんだろう。」

「こういうことについちゃあ、八戒《はっかい》がくわしいから、高老荘《こうろうそう》にいって、あいつにきいてみたらどうだ。おれが思うには、芳泉《ほうせん》の病気は、おまえがかかっていた病気とおなじじゃなかろうか。だとすれば、薬はいらない。おまえがいけば、なおるんじゃないか。」

悟空《ごくう》はそういって、月夜の空にまいあがった。

下のほうから、八部天竜馬《はちぶてんりゅうば》の声が聞こえた。

「おい、待て、大聖《たいせい》！　それはどういう意味だ！」

悟空《ごくう》は聞こえないふりをして、そのまま飛び去ったのだった。

七

高老荘《こうろうそう》の桃《もも》

天竺《てんじく》のおやじのところにいって、ちょっとばかりもんくをいっただけだ。

花果山《かかざん》に夏の風がわたっていく。

錦織《にしきお》りの大きな袋《ふくろ》に手をつっこみ、孫悟空《そんごくう》は七つめの桃《もも》を出して、がぶりとかみついた。あまい汁《しる》が口の中にひろがる。手にのこった半分も、口の中にほうりこみ、八つめの桃《もも》を袋《ふくろ》から出そうとしたとき、となりにいた猪八戒《ちょはっかい》がいった。

「兄貴《あにき》。そんなに食って、だいじょうぶか。」

孫悟空《そんごくう》は八つめの桃《もも》を食べてしまってから、いった。

「食い意地がはったおまえに、そんなことをいわれるとは思ってもみなかったな。それにしても、おまえのところの桃《もも》はうまい。」

「そういってもらえると、持ってきたかいがあったぜ。」

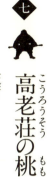

八戒《はっかい》はそういうと、自分も袋《ふくろ》の中に手を入れ、ふたついっぺんにつかむと、いちどきに口にほうりこんだ。

高老荘《こうろうそう》の農園でとれた桃《もも》を八戒《はっかい》が悟空《ごくう》のところに持ってきたので、ふたりして、花果山《かざん》の山頂《さんちょう》近くの木陰《こかげ》で食べているのだ。

桃《もも》をのみこんでしまうと、八戒《はっかい》がいった。

「しかし、竜《りゅう》どうし、おたがい馬に化身しているときにあいてを見て、なにか感じるところがあったのかな。」

「玉竜《ぎょくりゅう》と芳泉《ほうせん》のことか？」

悟空《ごくう》がそういうと、八戒《はっかい》はうなずいた。

悟空《ごくう》はつづけていった。

「そういうことは、おれより、おまえのほうがよく知ってるんじゃないか。」

八戒《はっかい》はそれには答えず、

「玉竜《ぎょくりゅう》は白い竜《りゅう》にもどったし、芳泉《ほうせん》っていうのは、青と赤のまだら竜《りゅう》だってな。どんな色の子が生まれてくるんだろうな。」

といってから、しみじみとした口調でいった。

「しかし、今度は兄貴《あにき》もたいへんだったな。」

「なにが?」

といって、九つめを食べようかどうか、悟空《ごくう》が考えていると、八戒《はっかい》がいった。

「なにがって、だから、玉竜《ぎょくりゅう》のことだ。兄貴《あにき》がとりもってやらなけりゃ、あいつ、生《なま》木《き》をさくみたいに、芳泉《ほうせん》とはなればなれにさせられちまうところだったじゃないか。そりゃあ、八部天竜馬《はちぶてんりゅうば》っていう身分と役目をほうりだして、天竺《てんじく》から逃《に》げて、しかも、女のところにしけこんじまったんじゃあな。釈迦牟尼如来様《しゃかむににょらいさま》から破門《はもん》されたって、もんくはいえねえところだ。」

「べつに破門《はもん》されたって、どうってことはない。」

悟空《ごくう》はそういうと、やはり、九つめを食べることにして、袋《ふくろ》の中に手を入れた。

「だけど、一時は広目天王《こうもくてんのう》が天兵をひきいて、水晶宮《すいしょうきゅう》に押《お》しよせたっていうじゃないか。」

「竜《りゅう》は広目天王《こうもくてんのう》の眷族《けんぞく》だから、八部天竜馬《はちぶてんりゅうば》にまで出世した竜《りゅう》が天竺《てんじく》を出奔《しゅっぽん》して、好きな女のいるところに逃《に》げたってことになったら、広目天王《こうもくてんのう》も顔が立たないからな。それくらいのことは、うそでもするだろうさ。」

「だけど、兄貴《あにき》。どうやって、あんな大さわぎをまるくおさめたんだ。」

悟空《ごくう》は九つめの桃《もも》を手に持ったまま、

「たいしたことはしてない。」

といい、八戒《はっかい》のまねをして、大きくあけた口の中に、桃《もも》をまるごとほうりこんだ。そして、ふたかみしたところで、ぐっとのみこみ、

「天竺《てんじく》のおやじのところにいって、ちょっとばかり、もんくをいっただけだ。」

といった。

「ちょっとばかりって、どんなもんくだ。」

そういって、八戒《はっかい》が袋《ふくろ》に手を入れようとすると、悟空《ごくう》は、

「おまえ、その桃《もも》、みやげに持ってきたんだろ。そうやって、おまえがばくばく食って、どうするんだ。」

といってから、

「お師匠様《ししょうさま》の天竺《てんじく》の旅についていて、もし、おれと八戒《はっかい》と悟浄《ごじょう》と玉竜《ぎょくりゅう》のみんなに手柄《てがら》があるとすれば、それぞれ、そのはたらきに応《おう》じて、ほうびのようなものが出てもいいだろうよ。」

といった。

「だから、兄貴《あにき》もおれも悟浄《ごじょう》のやつも、それぞれ来世名《らいせめい》をもらったし、玉竜《ぎょくりゅう》は八部天《はちぶてん》竜馬《りゅうば》になれたんじゃねえか。」

「そのとおりだ。だが、たとえば、おまえの農園ではたらいているやつが四人いるとする。それで、はたらきに応《おう》じた金をひと月後にやる約束をしたとするとどうだ。」

「そりゃあ、おかしい。ひと月後ってのは、だいぶあとだ。その日にやればいいだろうが。おれはそんなけちなことはしねえよ。」

「そうだ。その日にやればいい。それで、おまえは四人のうち、ひとりにだけ、その日に金をやったとしたらどうだ。」

「そりゃあ、ほかの三人がもんくをいうだろうな。」

「な、そうだろ。そういうことだ。」

悟空《ごくう》がそういうと、八戒《はっかい》は首をかしげて、

「なにが?」

といった。

「だから、天竺《てんじく》のおやじのことだ。」

「え？　それ、玉竜《ぎょくりゅう》の話のつづきか？」

「そうだ。お師匠様《ししょうさま》もだが、おれとおまえと悟浄《ごじょう》がもらったのは来世名《らいせめい》だ。そこにいくと、玉竜《ぎょくりゅう》のやつは、この現世《げんせ》で竜《りゅう》としての格《かく》があがったんだ。これはおかしいって、そういってやった。」

「あ、なるほど。兄貴《あにき》とおれと悟浄《ごじょう》がひと月後に金をもらうほうで、玉竜《ぎょくりゅう》はその日に金をもらったのとおなじってことだな。」

「そうだ。だから、今すぐおれを闘戦勝仏《とうせんしょうぶつ》にするか、さもなければ、玉竜《ぎょくりゅう》を八部天竜《はちぶてんりゅう》馬《ば》にするのを来世《らいせ》にするか、どちらかにしろって、あのおやじに、そういってやった。」

「だって、兄貴《あにき》をすぐに闘戦勝仏《とうせんしょうぶつ》にするとしたら、いったん兄貴《あにき》を殺して、現世《げんせ》を終わらせ、すぐに来世《らいせ》に転生させなけりゃならないってことになるが、兄貴《あにき》は不老不死だから、現世《げんせ》を終わらせることはできない。だとすると……。」

とそこまでいって、八戒《はっかい》はしばらく考えこみ、やがて、手でひざをポンとたたいて、いった。

「なるほど。みんなをおなじようにあつかうためには、八部天竜馬《はちぶてんりゅうば》っていうのを玉竜《ぎょくりゅう》の来世名にしなけりゃならないってことか。だとすれば、現世では、玉竜は玉竜のままだから、天竺《てんじく》の守護《しゅご》なんかせず、おれや悟浄《ごじょう》とおなじように、今のところは好きかってにしていていいってことになる。なるほど、そういうことか。」

それから八戒《はっかい》はもう一度、

「なるほどねえ……。」

といかにも感心したようにいった。

「なにが、なるほどねえだ、このばか猪《いのしし》。いっておくが、おまえが浄壇使者《じょうだんししゃ》になり、悟浄《ごじょう》が金身羅漢《こんしんらかん》になるのが来世《らいせ》だとしても、だからといって、今、好きかってにしていていいってことにゃならねえんじゃねえか。おまえは天蓬元帥《てんぽうげんすい》で、悟浄《ごじょう》は捲簾大将《けんれんたいしょう》だ。罪《つみ》は許《ゆる》されたんだし、とっとと天界に帰って、それぞれもとの仕事にもどったほうがいいんじゃねえか。いつまでも、人間の亭主《ていしゅ》や、寺男みたいなことをやってねえで！」

「なにがだよ。べつにいいじゃねえか。おれが翠蘭《すいらん》の亭主《ていしゅ》だから、兄貴《あにき》だって、こうやって、うまい桃《もも》が食えるんだ。そんなことより、それで、釈迦牟尼如来様《しゃかむににょらいさま》はなんておっしゃったんだ。」

「『それもそうだ。では、現世《げんせ》では、玉竜《ぎょくりゅう》は玉竜《ぎょくりゅう》のままとし、玉竜《ぎょくりゅう》を八部天竜馬《はちぶてんりゅうば》とするのは来世《らいせ》ということにしよう。』って、そういった。なかなか話のわかるおやじだぜ。そこいらあたりが、観音《かんのん》の野郎《やろう》とは格《かく》のちがうところだな。広目天王《こうもくてんのう》もほっとしたことだろうよ。そそくさと、天兵をつれて、引きあげていった。それで、玉竜《ぎょくりゅう》は、いってみりゃあ、晴れて自由の身となって、水晶宮《すいしょうきゅう》の婿《むこ》になったってことだ。まあ、それについちゃあ、八戒《はっかい》。おまえにも手柄《てがら》があった。」

悟空《ごくう》の言葉に、八戒《はっかい》が意外そうな顔をした。

「どんな？」

「玉竜《ぎょくりゅう》が水晶宮《すいしょうきゅう》の芳泉《ほうせん》に会いにいくまえ、おまえのところにいって、芳泉《ほうせん》の病気のことをきいただろ。そのとき、話を聞いたおまえは玉竜《ぎょくりゅう》に、『こりゃあ、勝ったも同じだ。大船に乗ったつもりで、芳泉《ほうせん》のところにのりこんでいって、思いのたけをぶちまけろ！』って、そういったそうじゃねえか。あいつ、そのとおりにして、めでたし、めでたしってことになったんだから、それもこれも、みんな、おまえのせいだ！」

「おまえのせいってことはないだろ。さっき、手柄《てがら》っていったじゃねえか。」

八戒《はっかい》がそういって笑った。

悟空《ごくう》も笑った。そして、その笑いがおさまったところで、悟空《ごくう》が、

「だが、八戒《はっかい》。大船に乗ったつもりっていうが、どうやって竜《りゅう》が大船に乗るんだ。竜《りゅう》が船に乗ってるところなど、まるで絵にならねえぜ。」

というと、八戒《はっかい》は、

「たしかにそうだ。どんな大船だって、竜《りゅう》からみれば小舟《こぶね》みたいなもんだ。竜《りゅう》が舟《ふね》に乗って、ギイコギイコと櫓《ろ》でこいでいるところなんか、さまにならねえよなあ。」

といって、また笑ったのだった。

◇この作品は、呉承恩の『西遊記』をもとに独自の視点で書き直した斉藤洋の「西遊記」シリーズの外伝として、新たに創作されたものです。

作者◆斉藤　洋（さいとう・ひろし）
1952年東京に生まれる。1986年『ルドルフとイッパイアッテナ』で講談社児童文学新人賞を受賞。1988年『ルドルフともだちひとりだち』で野間児童文芸新人賞を受賞。1991年「路傍の石」幼少年文学賞を受賞。2013年『ルドルフとスノーホワイト』で野間児童文芸賞を受賞。主な作品に、『ドルオーテ』『ルーディーボール』（以上はすべて講談社）「なん者ひなた丸」シリーズ（あかね書房）『白狐魔記』（偕成社）『影の迷宮』（小峰書店）『風力鉄道に乗って』『テーオバルトの騎士道入門』『あやかしファンタジア』（理論社）などがある。

画家◆広瀬　弦（ひろせ・げん）
1968年東京に生まれる。絵本、本の挿絵などを数多く手掛ける。作品に、『ハリィの山』（ブロンズ新社）『ミーノのおつかい』『おおきなテーブル』『パコ』（ポプラ社）『冥界伝説・たかむらの井戸』（あかね書房）『まり』（クレヨンハウス）『ねこどこどこにゃあ』（小学館）『タートル・ストーリー』『にじとそらのつくりかた』（理論社）などがある。

西遊後記《さいゆうこうき》　二　芳《ほう》の巻

2014年４月初版
2014年４月第１刷発行

作者　斉藤 洋
画家　広瀬 弦
発行者　齋藤廣達
編集　小宮山民人
発行所　株式会社理論社
〒103-0001　東京都中央区日本橋小伝馬町9-10
電話　営業03-6264-8890
編集03-6264-8891
URL http://www.rironsha.com

デザイン　富澤祐次
組版　アジュール
印刷・製本　図書印刷

ISBN978-4-652-20015-5　NDC913　A5変型判　21cm　P206